CE JOURNAL APPARTIENT À

Nikki J. Maxwell

PERSONNEL & CONFIDENTIEL

Si vous le trouvez, SVP retournez-le-moi.
Récompense offerte!

INTERDICTION DE MATER!! ☹

REMERCIEMENTS

Un grand merci à tous les fans du JOURNAL D'UNE GROSSE NOUILLE, pour l'affection que vous témoignez à cette série. Sans vous, il n'y aurait pas de Nikki Maxwell. Pourquoi ? Parce que Nikki Maxwell, c'est VOUS ! Restez vous-même et n'oubliez jamais de laisser s'exprimer la nouille qui est en vous.

Merci à Liesa Abrams Mignogna, ma merveilleuse éditrice, qui rend mon travail d'écriture si passionnant et si amusant qu'aujourd'hui encore, je me PINCE pour être sûre que je ne rêve pas. Comme Nikki Maxwell, tu es une super-nouille – une vraie – amoureuse d'un photographe (ton mari). Merci d'être l'éditrice idéale !

Merci à Lisa Vega, directrice artistique surdouée, qui travaille sans relâche sur cette série et connaît si bien les personnages qu'elle est capable de me dire quand MacKenzie n'est pas au mieux de sa forme. C'est étrange et fascinant à la fois.

Merci à Mara Anastas, Paul Crichton, Carolyn Swerdloff, Matt Pantoliano, Katherine Devendorf, Alyson Heller et toute la géniale équipe d'Aladdin/Simon & Schuster, qui, grâce à leur talent et à leur engagement, ont propulsé cette série dans la stratosphère.

Merci à Daniel Lazar, mon merveilleux agent de Writers House, travailleur acharné qui a sué sang, eau et larmes pour Nikki. Jamais je n'aurais pu faire tout cela sans toi. Merci surtout de me soutenir dans mes rêves et mes idées un peu folles. Tu m'es un ami très cher.

Merci aussi à Stephen Barr, qui m'a beaucoup aidée sur Mes conseils gratinés pour réussir ton journal et m'a beaucoup fait rire, ainsi qu'à Torie Doherty, la reine de l'organisation et des e-mails qui font plaisir.

Merci à Maja Nikolic, Cecilia de la Campa et Angharad Kowal, qui gèrent mes droits étrangers, pour avoir mis LE JOURNAL D'UNE GROSSE NOUILLE entre les mains des enfants du monde entier.

Merci à Nikki Russell, ma très talentueuse assistante (illustratrice), et à Erin Russell, ma très talentueuse assistante (rédactrice). Par où commencer ? J'ai la chance et la joie d'être votre maman. Grâce à vous, j'ai pu donner naissance à cette série. C'est vous, les nouilles originelles, la source de mon inspiration, aujourd'hui comme hier. Je vous aime tant, toutes les deux !

Merci enfin à Sydney, Cori et Presli James, ainsi qu'à Arianna et Mikayla Robinson, mes nièces, critiques impitoyables toujours prêtes à offrir leurs services contre une virée shopping et des frites au fromage.

Rachel Renée Russell

Le journal d'une grosse NOUILLE

UNE COMPET'
AL DENTE

Traduit de l'américain par Virginie Cantin

MiLAN

À ma fille Erin,
la nouille originelle et peu sûre d'elle qui, en grandissant,
est devenue une nouille pleine d'audace, d'intelligence et de beauté.

OMG !

Je ne me suis jamais sentie aussi GÊNÉE de toute ma vie !

Et cette fois, CE N'ÉTAIT PAS à cause de mon ennemie,
MacKenzie Hollister, une fille super snob et accro au gloss.

Je n'arrive toujours pas à comprendre pourquoi
ma propre sœur, Brianna, m'a humiliée comme ça.

Tout a commencé en début d'après-midi, quand j'ai remarqué
que mes cheveux étaient plus gras qu'une double portion
de frites. J'avais besoin soit d'une douche, soit d'une vidange
express. Je jure que C'EST VRAI.

Ça faisait à peine 1 minute que j'étais sous la douche
quand QUELQU'UN s'est mis à tambouriner comme un dingue
à la porte de la salle de bains. J'ai tiré un peu le rideau
et jeté un œil en direction de la porte.
Que se passait-il donc ?

« Tu vas squatter la salle de bains encore longtemps ?
a hurlé Brianna. Nikki... ?!! »

BAM! BAM! BAM!

« Brianna, va-t'en ! Je suis sous la douche ! »

« Mais je crois que j'ai laissé ma poupée dans la salle
de bains. Elle jouait avec miss Plumette et... »

« QUOI ? Écoute, Brianna, je m'en fiche de tes histoires
de toilettes ! »

« Non, pas toilettes, PLUMETTE ! Laisse-moi entrer !
Je VEUX ma poupée ! »

« Je peux pas t'ouvrir maintenant ! Va-t'en ! »

« Mais, Nikki, j'ai envie... vraiment ! »

« Utilise les W.-C. du rez-de-chaussée. »

« Mais ma poupée est ici, pas en bas ! »

« Désolée, tu peux pas la récupérer maintenant !
Attends que je sois sortie de la douche. »

Malheureusement, 1 minute plus tard...

NIKKI, OUVRE LA PORTE!
TÉLÉPHONE! NIKKI??!

« Ouvre la porte, quelqu'un veut te parler ! »

BAM !! BAM !! BAM !!

Brianna me prenait pour une idiote ou quoi ? Si elle croyait
m'avoir avec cette vieille ruse du coup de téléphone important,
elle se trompait !

« C'est ça, oui ! T'as qu'à dire que j'ai pas envie de parler
pour l'instant. »

« Euh... Eh bien, Nikki dit qu'elle a pas envie de parler...
Je ne sais pas. Attends... Nikki, la personne demande
à quel moment elle peut te rappeler... »

BAM !! BAM !! BAM !!

« Nikki ?! On me demande quand... »

« JAMAIS ! Dis-lui de ne JAMAIS me rappeler !
D'aller se faire voir ! Je veux juste finir de me doucher !
Alors, je t'en prie, Brianna, laisse-moi tranquille ! »

« Euh... Nikki te fait dire qu'elle ne veut pas que tu la rappelles. JAMAIS ! Et tu sais pourquoi... ?! »

C'est alors que j'ai pensé que, peut-être, Brianna disait la vérité. Et qu'il y avait VRAIMENT quelqu'un au bout du fil. Mais QUI ? On ne m'appelle presque jamais.

« Parce que t'as des poux ! Voilà ! »

Brianna a éclaté de rire comme un clown en folie.

Je me suis un peu inquiétée parce que j'avais l'impression d'avoir déjà entendu cette réplique. Elle avait dit exactement la même chose à quelqu'un, la veille. Mais il était impossible que ce quelqu'un m'appelle un jour !

Soudain, j'ai senti une vague de panique me submerger tout entière, et j'ai commencé à hurler : « NOOOOONNN ! »

J'ai attrapé une serviette et me suis hissée hors de la douche, trempée et couverte de mousse.

« OK, Brianna, ai-je crié à voix basse. PASSE-MOI
LE TÉLÉPHONE. VITE ! »

Mais elle s'est contentée de me tirer la langue et a continué
de discuter au téléphone comme si elle parlait à un ami perdu
de vue depuis la maternelle.

Nikki squatte toujours
la salle de bains !
Ma mère n'arrête pas
de râler parce qu'elle laisse
traîner ses affaires partout.
Le matin, quand
elle se réveille,
elle me fait peur.
Mais c'est
parce qu'elle a
du poil aux jambes
et des crottes
dans les yeux !

Je n'en croyais pas mes oreilles : Brianna était en train
de raconter des trucs super intimes à mon sujet, juste
comme ça ! Comment osait-elle ?

« Brianna, passe-moi ce téléphone ou sinon... »

« Dis : s'il te plaît, ma petite sœur chérie adorée...! »

« Bon... Donne-moi le téléphone, s'il te plaît, ma petite sœur chérie adorée ! »

« Non, mieux que ça ! »

Cette petite peste m'a tiré la langue (ENCORE !)
et a continué de jacasser dans le combiné.

« Miss Plumette, ma copine, a piqué le parfum de Nikki.
Elle l'adore, même si elle n'a pas de nez pour le sentir.
On l'a vaporisé un peu partout pour que ça sente bon :
sur mes pieds, sur la poubelle, dans le garage, et
sur l'écureuil mort dans le jardin de Mme Wallabanger. »

Prendre mes appels à ma place c'était déjà grave,
mais vider la moitié de mon flacon de parfum...
Je l'aurais étranglée !

J'ai crié : « Donne-moi ce téléphone, espèce de sale gamine ! »

« Viens le chercher toi-même ! » a-t-elle répondu
avant de s'enfuir en courant.

Courir après Brianna est TRÈS dangereux!

OMG! À un moment, j'ai glissé et j'ai failli tomber dans
l'escalier et atterrir droit dans la cuisine. J'aurais pu me brûler
les fesses au premier degré, au moins! AÏE! Rien que d'y
penser, ça me fait mal!

Finalement, j'ai réussi à coincer Brianna et j'étais sur le point de lui faire un croche-pied quand elle a lâché le téléphone et s'est mise à dévaler le couloir en hurlant «Au secours! Au secours! Le monstre gluant de la salle de bains veut me manger! Appelez la police!»

J'ai pris le téléphone et j'ai tenté de la jouer cool et décontractée, comme si je n'étais pas :

1. enveloppée dans une serviette de toilette,
2. dégoulinante, ET...
3. couverte d'une quantité de savon suffisante pour laver un petit troupeau de lamas très très sales.

Je me suis raclé la gorge et, de ma voix la plus douce et la plus enjouée, j'ai lancé :

« Euh... ALLÔOOO... »

« Nikki ? Ça va ? C'est moi, Brandon. »

Je n'en croyais pas mes oreilles. C'était la toute
PREMIÈRE fois que mon amoureux secret m'appelait !
J'ai cru que j'allais avoir une crise cardiaque, là, tout de suite.

« Salut, Brandon ! Je suis vraiment désolée.
C'était ma petite sœur. Elle n'arrête pas de faire
des bêtises, tu peux pas imaginer... »

« T'inquiète pas ! Je t'appelais pour te dire que j'organise
une fête pour mon anniversaire, en janvier. J'espère
que tu pourras venir avec Chloë et Zoey. »

C'est à ce moment que je me suis évanouie. Enfin,
que j'ai FAILLI m'évanouir, plutôt.

« Waouh ! Euh... super. Tu peux rester en ligne ?
Il faut que je fasse un truc. »

« Oui, bien sûr. Tu veux que je te rappelle ? »

« Pas la peine. Y en a pour 1 minute. »

J'ai couvert avec précaution le combiné avec la main avant de laisser libre cours à une sévère crise de SGH, également connu sous le nom de...

SYNDROME DU GRAND HUIT !!!!

Bon, d'accord, j'exagérais peut-être un peu.

Brandon ne me demandait quand même pas de sortir avec lui ! Hélas !

En tout cas, après avoir raccroché, je me suis pincée très fort pour m'assurer que je ne rêvais pas. AÏE !! Oui, j'étais bien réveillée ! Et CHLOË, ZOEY ET MOI ÉTIONS INVITÉES À LA FÊTE DE BRANDON ! ☺

On va s'éclater ! J'ai super hâte !

Surtout que je suis la plus grosse nouille de mon collège, celle qu'on n'invite JAMAIS à aucune fête !

OMG ! SOUDAIN, UNE PENSÉE ATROCE M'EST VENUE À L'ESPRIT !!! ☹

Avec ce que lui avait dit Brianna, Brandon me prend sans doute pour...

UN MONSTRE...

AVEC DU POIL AUX PATTES...

ET DES CROTTES DANS LES YEUX !!

Pourquoi m'invite-t-il, alors?!!

PAS QUESTION que j'aille à sa soirée! Impossible!

Je vais le rappeler tout de suite pour lui dire que je ne peux pas venir.

AH... J'ai complètement oublié! Il faut d'abord que je finisse de me doucher! Je l'appellerai juste après.

Puis j'irai me cacher dans un trou très profond pour mourir de HONTE!

☹!

LUNDI 2 DÉCEMBRE

J'ai trop trop hâte de voir Brandon au collège, ce matin.

J'ai du mal à croire qu'il y a 2 jours à peine, on était ensemble sur scène pour participer au concours de talents du collège avec notre groupe, le NOUILLE'S BAND (plus connu sous le nom de JE SAIS PAS TROP ENCORE). Oui, c'est un nom génial, et une longue histoire.

Il m'a même donné des leçons de batterie. En fait, on est vraiment devenus bons amis.

Hélas, Brianna la Peste a tout gâché!

Je suis surprise que Brandon se soit donné la peine de m'inviter à sa soirée. J'imagine qu'il a pitié de moi.

Je voulais en parler à Chloë et Zoey pendant le cours de gym, mais je n'en ai pas eu l'occasion. Tout le monde parlait du Holiday on Ice Show, un super-spectacle. On se demandait tous comment faire pour obtenir un T-shirt gratuit. Ils sont vraiment très cool.

Mais la prof de gym a failli m'éclater les tympans, et après ça, je n'avais plus qu'une idée en tête : lui faire avaler son stupide sifflet !

C'est alors qu'elle a fait une importante déclaration...

« Écoutez-moi tous ! La semaine prochaine, nous allons commencer l'activité patin à glace. Les notes seront attribuées en fonction de la capacité de chacun à maîtriser les différentes étapes de l'apprentissage. Ici, au Westchester Country Day, tous les 4e qui participent au spectacle de charité du 31 décembre devront répéter pendant les cours et obtiendront automatiquement un A. Oui, les enfants ! Vous avez bien entendu ! Je vous mettrai des bonnes notes pour vous encourager à soutenir cette bonne cause. Si vous voulez participer au spectacle, faites-le-moi savoir. Sinon, nous ferons des tests de compétences. Maintenant, vous pouvez prendre sur la table un T-shirt offert par le Holiday on Ice Show. Ensuite, nous commencerons les exercices d'échauffement. »

Cette histoire de T-shirt était mal partie pour moi.

Quand je suis arrivée devant la table, il ne restait plus que des tailles XXXXXL. Évidemment, MacKenzie avait déjà enfilé le sien. Elle avait l'air d'un mannequin prêt à poser pour le numéro spécial été de *Girls* !

MACKENZIE, TROP CANON ET TROP FASHION
DANS SON NOUVEAU T-SHIRT

MOI, DÉGUISÉE EN VIEILLE SERPILLIÈRE

J'étais tellement... DÉGOÛTÉE! 🙁

22

Évidemment, un seul regard sur mon T-shirt a suffi
à MacKenzie pour qu'elle se croie autorisée à me donner
des conseils de mode. « Nikki, tu sais ce que je ferais,
à ta place, pour donner à ton T-shirt une touche élégante
et pratique à la fois ? »

« Non, MacKenzie, je ne sais pas. »

« Ajoute simplement 10 centimètres de tulle blanc en bas,
un voile et un bouquet de fleurs, et ça te fera une robe
de mariée ! Ensuite, tu n'auras plus qu'à payer un mec
super moche pour t'épouser ! »

Je n'en revenais pas. Comment osait-elle me dire
de telles horreurs en face !

« Merci, MacKenzie ! ai-je répliqué avec un sourire mielleux,
mais je ne connais pas de mec super moche. T'aurais pas
un frère jumeau, par hasard ? »

Seule MacKenzie est assez débile pour transformer
un T-shirt trop grand d'au moins 5 tailles en robe
de mariée... Pourquoi ? Parce que son QI est plus bas
qu'un flacon de vernis à ongles vide !

COMPLÈTEMENT DÉBILE :
LE *T*-SHIRT-ROBE DE MARIÉE,
PAR MACKENZIE

Dire que MacKenzie est une peste est en dessous de la vérité.
En fait, elle ressemble à un GRIZZLY qui se serait fait faire
une french manucure et poser des extensions capillaires.

Je suis pas jalouse d'elle, pas du tout ! Je suis pas gamine à ce point-là, quand même !

En tout cas, l'idée de faire du patin à glace en cours de gym me plaisait beaucoup. La dernière fois que j'en ai fait, je devais être en CE2, et je m'étais bien amusée.

Chloë m'a dit qu'on s'entraînerait dans la patinoire de hockey du lycée.

Apparemment, le Holiday on Ice Show est un événement très important, et seuls les élèves de la 4e à la terminale sont autorisés à y participer afin de soutenir la cause de leur choix. Après le spectacle, 3 000 dollars sont versés à leurs sponsors.

Nous étions sur le point de terminer nos exercices quand Chloë nous a lancé un de ses regards excités et a commencé à agiter les mains.

« Eh, les filles ! Devinez à quoi je pense ? »

Je le savais déjà. Ces temps-ci, elle était complètement obsédée par son nouveau livre, intitulé *La Princesse des glaces*.

C'est l'histoire d'une fille et d'un garçon qui sont meilleurs amis depuis l'école primaire.

Elle s'entraîne pour devenir une patineuse artistique de renommée internationale tandis que lui rêve de faire partie de l'équipe olympique de hockey.

Et juste au moment où ils vont tomber amoureux, ils découvrent que leur patinoire est la cachette secrète des MORTELS VAMBIES DES GLACES, des créatures mi-vampires mi-zombies dont les talents de patineurs augmentent dès qu'ils avalent un cheese double bacon.

« Il n'y a aucune raison pour que nous ne puissions pas être princesses des glaces, nous aussi ! Comme Crystal Coldstone ! » a soupiré Chloë, pensive.

Personnellement, je connais deux très bonnes raisons qui font que nous ne POUVONS PAS être comme Crystal.

La première, c'est que nous ne nous entraînons pas avec un patineur professionnel depuis 12 ans. La seconde, c'est que ça doit être très difficile de zigouiller des MORTELS VAMBIES DES GLACES pendant la nuit et de faire ses devoirs pour le lendemain.

Zoey a eu son regard mélancolique et absent.

« Comme c'est ROMANTIQUE ! En plus, les joueurs de hockey sont trop mignons ! Je préférerais participer à un super-entraînement de patin et avoir une super-note que de faire ces tests débiles ! On s'éclaterait trop ! Qu'est-ce que tu en penses, Nikki ? »

« Je sais pas trop, les filles. Patiner dans un spectacle de charité est une lourde responsabilité. Les gens dépendront de nous pour obtenir des fonds et poursuivre leurs actions. Et si ça se passe mal ? »

« Arrête, Nikki ! a soupiré Chloé. On n'est pas assez bonnes pour patiner en solo, et pour former un couple de patineurs, il faut un garçon et une fille. Mais à nous trois, on pourrait patiner en groupe. Allez, on a besoin de toi ! »

« Désolée, mais vous allez devoir trouver quelqu'un d'autre », j'ai répondu en secouant la tête.

« Mais c'est TOI qu'on veut ! » a insisté Zoey.

« Oui, et n'oublie pas : nous, on t'a pas laissée tomber quand tu as eu besoin de nous pour le concours de talents ! a ajouté Chloé. Les MAV, c'est fait pour s'entraider ! »

Chloë avait raison concernant le concours de talents, il fallait le reconnaître. Mais ce n'était pas non plus comme si je leur avais promis de leur donner mon premier enfant en échange.

Alors, Chloë et Zoey ont eu recours à une tactique très au point à laquelle, en effet, j'avais du mal à résister :

S'TE PLAÎT, S'TE PLAÎT, S'TE PLAÎT, S'TE PLAÎT, S'TE PLAÎT, S'TE PLAÎT, S'TE PLAÎT!!!

LA SUPPLICATION!!

J'ai soupiré : « OK, les filles! C'est d'accord. Mais vous ne pourrez pas dire que je ne vous ai pas prévenues! »

Nous avons scellé notre accord par un câlin collectif.

« Génial ! Maintenant, il ne nous reste plus qu'à choisir une bonne cause à défendre », a dit Zoey.

« Malheureusement, ce sera le plus difficile, a expliqué Chloë. Tous les élèves du lycée ont trouvé des organismes caritatifs à soutenir il y a quelques semaines déjà. Nous nous y prenons très tard... »

« OMG ! s'est écriée Zoey. Ce sera exactement comme à l'époque du ballet des zombies sauf que, cette fois-ci, on aura un A à la place d'un D ! »

J'avoue que cette idée ne me déplaît pas : ce sera génial d'avoir un A en gym – enfin ! ☺

Heureusement, le patin NE PROVOQUE ni auréoles sous les aisselles – très gênantes –, ni crampes d'estomac – douloureuses –, ni risque d'évanouissement par choc de ballon sur la tête, comme la plupart des trucs qu'on est obligés de faire en cours de gym.

En plus, notre travail servira une bonne cause, et sera utile à tout le monde.

Mais le plus important, c'est que, grâce à moi, Chloë et Zoey vont pouvoir réaliser leur rêve, et qu'elles sont super contentes.

Nous avons décidé de répéter la danse de la fée Dragée, parce que c'est un thème de Noël. Et on s'est dit que ce serait trop glamour de jouer des princesses de conte de fées...

Bon. Pas question de me prendre la tête avec cette histoire de Holiday on Ice.

Tant que je peux compter sur mes deux MAV, tout ira pour le mieux.

Ça peut pas être si dur que ça, le patinage artistique, si?!

☺!!

MARDI 3 DÉCEMBRE

Aujourd'hui, en cours d'histoire-géo, on a parlé de nos projets d'avenir.

Comme j'ai l'intention de fréquenter une bonne université pour devenir illustratrice professionnelle, j'ai décidé de passer l'heure de cours à rédiger mon journal.

Je me suis dit que c'était une bonne idée, parce que les profs nous demandent toujours d'utiliser au mieux les heures de cours.

Dans ma classe, il y a beaucoup d'élèves qui n'ont jamais songé à leur avenir.

Mon copain Théodore, lui, est complètement obsédé par son avenir.

En plus, toute la classe a ricané quand il a parlé de ses projets. Il m'a fait un peu pitié. C'est l'une des plus grosses nouilles du collège.

Alors, comme je suis une amie solidaire et super sympa, j'ai décidé d'encourager Théo à réaliser ses objectifs :

La BONNE nouvelle, c'est que grâce à notre petite conversation, Théo se sent beaucoup mieux ! ☺

La MAUVAISE, c'est qu'il a décidé d'économiser son argent de poche pour s'offrir une baguette magique! 🙁

Après le cours, Théo m'a demandé si j'avais l'intention de venir à la soirée de Brandon, en janvier. Je voulais lui dire la vérité et lui répondre juste non.

Mais au lieu de ça, j'ai inventé une excuse. Et pas seulement une petite excuse minable. Non, une excuse incroyable, et tellement IDIOTE que c'en était gênant!

« J'avais l'intention de venir, mais je me suis rappelé que j'avais un... rendez-vous chez le vétérinaire, pour... ma licorne, qui est très malade. »

Perplexe, Théo s'est gratté la tête : « Tu as une licorne? »

J'avais envie de crier : « Eh oui, petit sorcier!
Je l'ai achetée là où tu vas acheter ta baguette magique! »
Mais je n'ai rien dit.

Ensuite, en cours de bio, ma journée, qui avait déjà mal commencé, a viré à la CATASTROPHE ABSOLUE!

Brandon et moi nous sommes à peine salués.
Pendant toute l'heure, il n'a pas arrêté de me regarder
d'un air perplexe.

Il m'imaginait sûrement en espèce de MONSTRE
AVEC DU POIL AUX PATTES ET DES CROTTES
DANS LES YEUX!

← MOI

Évidemment, MacKenzie a profité de la situation pour m'enfoncer !

J'ai failli vomir sur mon classeur de bio quand je l'ai entendue demander à Brandon s'il trouvait que son gloss Baiser Passion aux fruits rouges lui allait bien au teint !

Je n'en revenais pas : comment faisait-elle pour poser des questions aussi ridiculement VAINES ?

Surtout quand on sait que le teint soi-disant parfait de MacKenzie lui vient tout droit de « Bronzée en un seul jet », le salon de beauté du centre commercial !

Comme elle se la pète, avec son hâle orange super dégueu ! Perso, je trouve qu'elle a l'air d'une Barbie Malibu roulée dans une purée de carottes.

En ricanant comme une idiote, MacKenzie a dit : « Au fait, Brandon, j'ai entendu dire que tu organisais une fête. »

« Ouais, et toi, MacKenzie, tu ne feras qu'en entendre parler, parce que tu ne seras PAS invitée ! »

Mais j'ai dit ça dans ma tête, et personne d'autre que moi ne l'a entendu.

Ensuite, MacKenzie a fait un truc incroyable!

Elle a tenté d'HYPNOTISER Brandon pour qu'il l'invite à sa soirée, en le draguant et en ENROULANT PLUSIEURS FOIS une mèche autour de son doigt.

Rien qu'à la regarder, j'avais le tournis.

Heureusement, le prof l'a interrompue : « MacKenzie, si vous avez le temps de discuter pendant les cours, allez dans le fond de la classe et nettoyez toutes les cages des rats. Sinon, asseyez-vous, s'il vous plaît! »

MacKenzie a presque COURU jusqu'à sa chaise.

OMG! C'était trop drôle! Et elle l'avait bien mérité.

Mais après, elle me regardait d'un air mauvais, comme si c'était ma faute si elle avait failli se retrouver en train de faire la corvée de crottes de rongeurs.

Beurk!

Enfin bref, je reste persuadée que Brandon m'a invitée parce qu'il a pitié de moi. Il ne veut sans doute pas me faire de la peine.

Demain, je lui dirai que je ne peux pas venir à sa soirée parce que j'ai déjà quelque chose de prévu ce jour-là.

Et je ferai QUOI, hein?

Je passerai la soirée ASSISE sur mon lit, en pyjama, à fixer le mur EN BOUDANT! ☹ !!

← MOI

MERCREDI 4 DÉCEMBRE

Ce matin, je me sentais un peu déprimée.

Chloë et Zoey l'ont remarqué et m'ont demandé si j'allais bien.
Mais j'avais décidé de ne pas leur parler de la conversation
super gênante que j'avais eue au téléphone avec Brandon
– surtout qu'elles avaient dit et répété à quel point
elles avaient hâte d'aller à sa soirée...

En allant déjeuner, j'ai décidé de m'arrêter à mon casier
pour déposer mon sac à dos.

Comme j'ouvrais la porte, j'ai vu un petit mot tomber...

J'ai d'abord pensé que Chloë et Zoey avaient voulu
me faire une petite surprise pour me remonter le moral.

Puis je l'ai lu. 3 FOIS !

OMG ! J'ai failli fondre sur place, là, devant mon casier...

Salut Nikki,

Peux-tu venir me retrouver à la rédaction du journal pendant la pause de midi? Il faut que je te parle.

BRANDON

De quoi voulait-il me parler? Je n'en avais pas la moindre idée!

Quand j'ai passé la tête par l'entrebâillement de la porte de la rédaction, mon cœur battait à 100 à l'heure.

J'ai tout de suite repéré sa chevelure emmêlée derrière un écran d'ordinateur.

Il m'a souri en me faisant signe d'entrer : « Nikki! »

Comme une idiote, je me suis retournée pour m'assurer qu'il ne parlait pas à une autre euh... Nikki.

SALUT, BRANDON.
TU VOULAIS ME PARLER?

« Oui, j'ai quelque chose à te dire. » À ce moment-là,
j'ai remarqué qu'il était un peu nerveux, lui aussi.

« Eh bien, me voilà ! » ai-je répondu d'une voix un peu plus forte
et enjouée que je ne l'aurais voulu.

« Écoute... J'ai parlé à Théo hier et il m'a dit que
tu ne pouvais pas venir à ma fête. »

GLOUPS !

Brandon avait parlé à... THÉO ?!

AÏE ! LA GALÈRE !

J'ai continué à sourire bêtement, tandis que Brandon ajoutait :
« Il m'a expliqué que tu devais t'occuper de... d'une licorne
malade ? »

Super, vraiment ! MAINTENANT, Brandon allait croire
que j'étais non seulement un monstre poilu avec
des crottes dans les yeux, mais aussi
une HYPOCONDRIAQUE SCHIZOPHRÈNE !

« Ah oui ? Théo t'a dit ça ? ai-je répliqué avec un rire nerveux, en clignant innocemment des yeux. C'est... plutôt marrant, en fait. Théo a une imagination débordante, comme ma petite sœur. Elle est adorable, mais il ne faut pas croire un seul mot de ce qu'elle dit, surtout quand elle parle de MOI ! »

Brandon a ri : « Ne m'en parle pas. Si j'avais touché 1 dollar à chaque fois que Brianna m'a dit que j'avais des poux, je serais riche. »
Soudain, il a posé sur moi un regard si intense que je me suis sentie super mal à l'aise. « Nikki, tu ne crois tout de même pas que j'ai cru un seul mot de ce que Brianna m'a raconté sur toi, si ? »

J'ai ricané bêtement : « OMG ! Bien sûr que non ! Ce serait un peu puéril, tu ne crois pas ? En fait, avec Chloë et Zoey, on a hâte de venir à ta soirée. »

Avec un grand sourire, Brandon a déclaré : « Cool ! Je t'avoue que je me suis un peu inquiété. »

« Dis-moi, sur quoi tu travailles en ce moment ? » ai-je demandé pour changer de sujet.

Je me suis penchée vers son écran.

J'ai vu des clichés d'un chiot et d'un chaton super mignons.

« Waouh ! Ils sont ADORABLES ! »

« Ils sont tous les deux à l'Hôtel des animaux, un foyer pour animaux abandonnés. Ces photos seront publiées dans le *Westchester Herald* de la semaine prochaine. »

« Impressionnant. Le foyer te paie pour faire ces photos ? »

« Non, pas du tout, je suis bénévole. Je veux devenir vétérinaire, j'adore travailler avec les animaux. Même si ce n'est pas toujours facile de les photographier. »

« En tout cas, je trouve ça super que tu donnes de ton temps pour aider les animaux. En plus, ça a l'air amusant ! »

« Oh oui ! Au fait, si tu as envie, tu peux venir avec moi vendredi. J'aurais bien besoin de ton aide. »

« D'accord ! Ce serait SUPER cool ! »

Brandon a repoussé la mèche qui lui tombait sur les yeux et m'a fait un sourire malicieux.

Soudain, je me suis sentie très nerveuse, super excitée et... un peu nauséeuse.

C'est alors qu'il a commencé à me fixer, et moi à répondre à son regard.

Alors, nous avons tous les deux souri et rougi.

Tout ça m'a paru durer genre une ÉTERNITÉ !

Brandon et moi, on a passé le reste de la pause déjeuner ensemble, à discuter de l'Hôtel des animaux.

Il m'a dit que l'endroit était tenu par un sympathique couple de retraités, anciens propriétaires d'une animalerie.

Ensuite, il a pris des photos dans son sac à dos et m'a montré tous les pensionnaires qui avaient déjà trouvé de nouveaux maîtres.

Ainsi, Brandon est non seulement un photographe de talent, mais il est également très généreux.

Et tu sais quoi? Il m'a accompagnée jusqu'à mon casier pour chercher mes livres et ensuite on est allés ensemble en cours de bio!

YESSSSS!

Pendant tout le cours, MacKenzie n'a pas arrêté
de me regarder en chuchotant des trucs à l'oreille de Jessica,
mais je l'ai ignorée.

OK, je l'avoue : je me suis trompée en croyant que Brandon
m'invitait par pitié, et qu'il n'avait pas envie de discuter
avec moi.

Maintenant, j'ai hâte d'aller à sa fête.

Et vendredi, on va s'éclater à l'Hôtel des animaux !

T'entends ça, MACKENZIE ?

C'est de la BOMBE DE BALLE !

☺ !!

Aujourd'hui, à la bibliothèque, Chloë et Zoey ont passé leur temps au téléphone pour trouver un organisme de bienfaisance à soutenir avec le Holiday on Ice Show.

Chloë a appelé 9 personnes et Zoey 7, sans succès.

La date limite d'inscription est la semaine prochaine et nous n'avons pas le moindre contact intéressant.

Mais il y a d'AUTRES mauvaises nouvelles!

J'ai appris que MacKenzie avait l'intention de participer au Holiday on Ice Show, elle aussi. ☹

Pourquoi ça ne me surprend pas?!

Sans doute parce qu'elle n'est pas une princesse des glaces, mais une princesse de glace, au cœur froid! Bon, d'accord, c'est un peu méchant et ce n'est pas tout à fait vrai.

Son cœur ne peut pas être FROID, puisqu'elle n'en a pas!

MACKENZIE, LA PRINCESSE DE GLACE SANS CŒUR

Pendant que j'étais à mon casier, j'ai entendu MacKenzie frimer en racontant à ses copines du CCC (Club des filles canon et super cool) qu'elle prenait des cours de patinage artistique depuis ses 7 ans et qu'elle avait choisi de danser sur *Le Lac des cygnes*.

Mais tu connais pas le plus ouf : elle a dit
que CINQ organismes de bienfaisance se battaient
pour qu'elle soit leur ambassadrice !

Tu le CROIS, toi ? Alors qu'on a du mal à en trouver un seul !

Pourtant, maintenant que j'y repense, je crois qu'elle a dit ça
pour se la péter.

MacKenzie ment comme elle respire ! Et elle adore
FAIRE DU CINÉMA !

Je sais que c'est pour la bonne cause, mais je commence
à ne plus trop la sentir, cette histoire de Holiday on Ice Show...

VENDREDI 6 DÉCEMBRE

J'étais super impatiente que la journée se termine.

Les heures de cours m'ont paru interminables.

Quand la sonnerie a enfin retenti, je me suis précipitée

jusqu'à mon casier. Brandon était déjà là. Il m'attendait.

Il m'a souri. « Tu es prête ? »

« Oui ! Tiens, au fait... j'ai un cadeau pour toi de la part

de Brianna », ai-je répondu en fouillant dans mon sac à dos.

Brandon a fait semblant d'avoir peur. « Brianna ?!

Je ne sais pas si je peux accepter ! a-t-il plaisanté.

Elle dit que j'ai des poux. Je n'ai pas l'impression

qu'elle m'apprécie beaucoup. »

J'ai ri. « Mais si ! Enfin... pas vraiment ! En tout cas,

elle m'a demandé de te donner ça. »

Je lui ai tendu un long ruban de satin rouge, et il a eu l'air

un peu perplexe. Puis, pour rigoler, il l'a noué autour

de sa tête.

« Oooh !! C'est tout à fait le look que je cherchais.

Dis à Brianna que je le porterai tous les jours. »

BRANDON, QUI ME FAIT COMPLÈTEMENT CRAQUER
AVEC SON HUMOUR DÉCALÉ

J'ai éclaté de rire. « C'est pas pour toi, idiot ! C'est pour les animaux. Brianna prétend qu'avec ce ruban autour du cou, ils auront l'air de cadeaux. Et que, comme tout le monde aime les cadeaux, ils trouveront rapidement un nouveau foyer. »

« Cette gamine est géniale ! Pourquoi j'y ai pas pensé, moi ? »

En parcourant les quelques rues qui nous séparaient de l'Hôtel des animaux, je me sentais très nerveuse. Mais Brandon m'a fait rire pendant tout le trajet.

Trois nouveaux chiots venaient d'arriver et devaient être photographiés.

Ils étaient absolument craquants. Pour jouer, ils me mordillaient les doigts.

J'ai coupé le ruban en trois morceaux, que j'ai noués autour de leurs cous.

« Assieds-toi sur le tapis et prends le premier sur tes genoux, m'a dit Brandon. Ton pull fera un arrière-plan parfait. »

MOI ET LE CHIOT EN TRAIN DE SOURIRE
AU PHOTOGRAPHE !

Trois quarts d'heure plus tard, Brandon remettait
le dernier chiot dans la cage.

Quand je suis allée leur dire au revoir, j'étais un peu triste.
Le plus petit des trois, celui avec une tache autour de l'œil,
était adorable. Il aboyait et remuait la queue comme
pour me dire : « Ne t'en va pas ! »

Mais j'étais heureuse de savoir que j'avais fait quelque chose
pour les aider à trouver de nouveaux maîtres.

J'étais sur le point de partir quand le plus petit des chiots
a appuyé sa truffe contre la porte de la cage, qui s'est ouverte.

« Hé ! Qu'est-ce que tu... »

Mais avant que je puisse terminer ma phrase,
il m'a sauté dans les bras, me faisant perdre l'équilibre.

Les deux autres chiots l'ont suivi, et ont bondi sur moi !

« Aaaaaahhh ! »

Je suis tombée en arrière.

« Brandon, au secours ! Les chiots se sont échappés ! »

Je riais pendant qu'ils me chatouillaient le cou et le menton.

Mais Brandon ne pouvait pas m'aider.

Non seulement il RIGOLAIT lui aussi comme un fou,

mais il prenait la scène en photo !

On se serait cru dans une séance de shooting pour le magazine

Fashion Week. Clic-clac. Clic-clac. Clic-clac...

« C'est ma faute ! a-t-il avoué sans cesser de rire.

J'ai fermé la cage mais j'ai oublié de mettre le verrou.

Dis "CHEEEESE" ! »

« Brandon ! Je vais te... TUER ! » J'ai ri en essayant

– sans succès – de remettre les chiots dans leur cage.

Ils se tortillaient dans tous les sens.

Enfin, nous avons repris le chemin du collège, puis j'ai appelé

ma mère pour qu'elle vienne me chercher.

Pendant qu'on l'attendait, Brandon a écrit une carte

de remerciement à Brianna...

Pour Brianna
MERCI POUR LE RUBAN!

Ils étaient TROP mignons, ces petits chiots!

J'étais sûre que Brianna allait les adorer!

Et ce ruban rouge leur allait à merveille. Je n'aurais pas su dire si c'étaient les chiots qui le portaient le mieux, ou Brandon.

Ensuite, pour me faire une surprise, Brandon a imprimé quelques-uns des clichés qu'il avait pris pendant LA GRANDE ÉVASION des chiots...

Je n'arrivais pas à croire que j'aie pu perdre l'équilibre
et m'étaler par terre comme ça.

OMG! Maintenant, Brandon va me prendre pour une grosse
NOUILLE maladroite! Ou, pire encore, pour une grosse nouille
maladroite avec du poil aux pattes et des crottes
dans les yeux!

Bon, il faut vraiment que je me calme et que j'arrête
de me poser des questions en me demandant
ce qu'il pense de moi.

Le moment que nous avons passé ensemble à l'Hôtel
des animaux n'était pas comme un vrai rendez-vous.

Mais je dois reconnaître que je me suis éclatée
comme JAMAIS!

☺

Difficile de croire que les vacances de Noël approchent à grands pas.

Avec Maman, j'ai passé presque toute la matinée à décorer notre faux sapin.

Papa et Brianna étaient dehors, en train de travailler à ce qu'ils appellent leur « super-projet secret ».

Papa a affirmé que leur grosse surprise allait :

1. créer une super-ambiance de Noël,
2. être une source de grande fierté pour notre famille et...
3. augmenter significativement les revenus de notre foyer.

Mais j'espérais qu'il nous surprendrait avec quelque chose de plus... concret.

Comme un autre boulot, par exemple !

Un *boulot* où il ne *serait* pas *obligé* de :

1. Venir dans mon collège.

2. Conduire une camionnette pourrié avec un cafard sur le toit.

3. Exterminer des nuisibles.

4. Nuire à ma réputation déjà lamentable.

Papa et Brianna ont fini par nous demander de venir voir leur surprise.

J'avais un très mauvais pressentiment, même avant de voir ce qu'ils avaient fait. Surtout parce qu'à eux deux Papa et Brianna ont le QI d'une brosse à dents.

Et j'avais raison de m'inquiéter !

Un *seul* regard à cette horreur m'a suffi pour

PÉTER LES PLOMBS...

C'était quoi, au juste, ce TRUC ?

Se promener dans la camionnette de Papa avec ce cafard posé dessus est déjà en soi une expérience TRAUMATISANTE.

Mais réparer les dommages psychologiques causés par LE PÈRE CAFARD, le SAPIN DE NOËL AU NEZ ROUGE prendra à coup sûr des années de thérapie intensive !

Incrédule, j'ai regardé Papa et Brianna : « Dites-moi que c'est une grosse blague, je vous en supplie ! »

C'est alors que Brianna a pris un air super sérieux et a déclaré d'une voix grave, effrayante : « Nikki, je te préviens, fais attention ! Parce que le soir de Noël, le PÈRE CAFARD sort du carré de citrouilles et distribue des sucres d'orge et des jouets à tous les gentils petits enfants ! Et il vaporise de l'insecticide dans les yeux de tous ceux qui ont été méchants ! »

Ce qui, soit dit en passant, est la chose la plus RIDICULE que j'aie jamais entendue !

Brianna doit me prendre pour une débile! Bien sûr, je sais que sa petite histoire s'inspire d'une célèbre légende.

Mais au cas où ce qu'elle a dit au sujet de cet insecticide serait vrai, j'ai décidé, à partir d'aujourd'hui, de dormir avec mes lunettes de soleil.

En tout cas, ce week-end j'avais pris la décision de libérer ma conscience en avouant à Chloë et Zoey que je suis boursière et que le désinsectiseur du collège n'est autre que mon propre père.

J'en ai marre de tous ces mensonges et de toutes ces tromperies.

Une chose est certaine : Chloë et Zoey sont de vraies amies, et elles m'accepteront telle que je suis vraiment.

Mais ça, c'était avant que le père Cafard n'entre dans ma famille de crados!

Comment tout dire à mes MAV, maintenant? ☹

DIMANCHE 8 DÉCEMBRE

Ce matin, quand je me suis levée, j'ai eu une grande surprise en regardant par la fenêtre. Il y avait eu une grosse tempête dans la nuit, et il était tombé au moins 15 centimètres de neige.

D'habitude, mon père déteste quand il y a beaucoup de neige, mais aujourd'hui, il était super content de sortir pour déneiger l'allée.

Cet automne, il a acheté une vieille souffleuse à neige rouillée dans un vide-grenier.

Papa fréquente beaucoup les vide-greniers et il n'arrête pas d'acheter des vieux objets tout pourris. Je n'oublierai jamais le jour où il nous a emmenés faire du canoë sans pagaies. Si l'hélicoptère des gardes-côtes ne nous avait pas porté secours, nous nous serions sans doute tous noyés.

Papa a affirmé qu'il avait fait une bonne affaire en achetant cette souffleuse : neuve, elle coûtait 300 dollars environ, et il l'avait eue pour 20 dollars seulement.

Maintenant, nous savons tous pourquoi sa souffleuse à neige était si bon marché. Le tuyau d'évacuation, tout rouillé, était bloqué dans une seule position...

PAPA, EN TRAIN D'ESSAYER DE DÉNEIGER
NOTRE ALLÉE AVEC SA SOUFFLEUSE CASSÉE

Cette foutue souffleuse n'arrêtait pas de recracher la neige à l'endroit précis où Papa venait de l'enlever! Et le pire, c'est qu'il n'avait pas l'air de comprendre ce qui clochait!

Ça faisait donc 3 heures que mon pauvre Papa essayait de dégager l'allée. Si Maman n'était pas allée le chercher pour le faire rentrer dans la maison, ses membres auraient commencé à geler.

En fait, il me faisait pitié. Et à Maman aussi, parce qu'elle s'est aussitôt connectée sur Internet pour commander à Papa une souffleuse à neige toute neuve.

La mauvaise nouvelle, c'est que notre allée n'est TOUJOURS PAS dégagée.

J'ai expliqué à Maman que j'étais prête à faire un immense sacrifice personnel et à rester à la maison pendant 1 semaine ou 2, jusqu'à ce qu'on nous livre la nouvelle souffleuse.

Mais elle s'est contentée de me tendre une pelle à neige en me disant que si je commençais maintenant, j'aurais fini juste à temps pour pouvoir aller au collège, le lendemain matin.

Visiblement, Maman n'avait pas apprécié à sa juste valeur l'énorme sacrifice que j'étais prête à faire.

LUNDI 9 DÉCEMBRE

Aujourd'hui, en cours d'anglais, notre prof nous a rappelé que notre devoir sur *Moby Dick* était à rendre dans 9 jours. On était censés avoir commencé à lire le roman en octobre, mais j'avais eu une tonne d'autres choses à faire.

C'est l'histoire d'une énorme baleine et d'un vieux croûton de marin qui a un porte-monnaie vide et de mauvaises manières. Je te jure, c'est vrai !

Comme la plupart des gens, je croyais que Moby Dick était le nom du capitaine, mais en fait, c'est celui de la baleine. Tu peux me nommer une *seule* personne normalement constituée qui aurait l'idée d'appeler une baleine Moby Dick, toi ?!

Dans notre devoir, nous devons expliquer pourquoi le capitaine et la baleine sont des ennemis mortels. Mais pour gagner du temps, je crois que je vais zapper la lecture du livre et rédiger directement.

Pas besoin d'être super fort en littérature (ni d'avoir lu le livre) pour savoir POURQUOI la baleine allait sans doute essayer de tuer le marin.

Si ma mère m'avait appelée Moby Dick, moi aussi ça m'aurait super énervée.

Je trouve qu'on devrait mettre une étiquette sur les vieux classiques poussiéreux comme celui-ci :

POURQUOI? Parce que *Moby Dick* est un livre tellement ennuyeux que je me suis endormie dessus! Ma tête est tombée si lourdement sur mon bureau que j'ai failli m'assommer!!

OMG! Je me suis fait un bleu tout violet en plein milieu du front!

Et je n'en suis qu'à la DEUXIÈME phrase!

Par précaution supplémentaire, je pense que les collégiens devraient être obligés de porter des casques pendant la lecture de livres comme *Moby Dick.*

Demain, je porterai mon casque de vélo en cours pour éviter de me faire une nouvelle bosse.

CASQUE DE VÉLO

MOI

Même si ça me déprimait d'avoir à rédiger ce devoir
pour la semaine prochaine, j'avais trop hâte de retrouver
Brandon, aujourd'hui.

Je voulais lui dire que je m'étais vraiment éclatée
à l'Hôtel des animaux. Et que j'étais persuadée qu'il ferait
un excellent vétérinaire, un jour.

Mais malheureusement, je ne l'ai pas vu pendant
la pause déjeuner. Ni en bio.

Par la plus étrange des coïncidences, pendant que j'étais
aux toilettes, j'ai surpris une conversation à son sujet,
entre Jessica et MacKenzie.

Jessica disait qu'il avait été appelé au bureau pendant
la première heure de cours et qu'il avait dû quitter le collège
à cause d'un problème familial. Ça expliquait tout !

Et tu sais quoi ? MacKenzie a aussi raconté qu'on raconte
que le père de Brandon est un riche diplomate qui travaille
à l'ambassade des États-Unis en France, et que sa mère
est issue de la noblesse française.

Il paraît que sa famille a vécu à Paris pendant 10 ans, mais il n'en parle jamais parce qu'il veut garder ses origines royales secrètes. Voilà pourquoi Brandon parle couramment le français !

Ensuite, MacKenzie a dit à Jessica que, comme elle travaille au bureau du collège, elle pourrait jeter un œil au dossier de Brandon pour vérifier si toutes ces rumeurs étaient vraies.

Mais Jessica a répondu que certaines informations étaient stockées dans un ordinateur spécial, dans le bureau du principal, et qu'elle n'y avait pas accès.

J'étais à la fois choquée et intriguée d'apprendre que ces filles avaient l'intention d'aller fouiner dans des dossiers scolaires ultraconfidentiels.

Je n'étais pas en train d'espionner leur conversation. Pas du tout, même ! Je me trouvais simplement dans la cabine des toilettes, en train de m'occuper de mes affaires.

Soudain, j'ai eu envie de grimper sur la cuvette et de me mettre sur la pointe des pieds pour regarder par-dessus la porte. Histoire de respirer un peu, tu vois !

MACKENZIE ET JESSICA EN TRAIN DE RAGOTER
SUR BRANDON

J'espère que tout va bien pour Brandon. J'imagine qu'il avait rendez-vous chez le dentiste ou un truc du genre.

Il faut toujours que Jessica et MacKenzie fourrent leur nez dans les affaires des autres!

Elles sont VRAIMENT graves!

Et si Brandon était vraiment un prince secret? Il a eu UN PRIX D'EXCELLENCE en français!

OMG! C'est DIIIIIIINGUE!

😊

Je suis un peu en état de choc, là, maintenant, tout de suite! ☹

Brandon est venu me voir à mon casier, il y a une demi-heure.
Dès que je l'ai aperçu, j'ai compris que quelque chose
le tracassait.

Il m'a donné le reste des photos qu'il avait prises de moi
pendant la GRANDE ÉVASION des chiots et m'a remerciée
pour mon aide.

Mais quand je lui ai raconté que je m'étais vraiment éclatée
et que j'avais envie d'y retourner régulièrement, il a baissé
les yeux d'un air très triste.

Il m'a expliqué que Phil et Betty Smith, les propriétaires
de l'Hôtel des animaux, venaient de lui apprendre
une très mauvaise nouvelle. Phil s'était cassé la jambe
et allait devoir rester 2 mois à l'hôpital, sans pouvoir bouger.

Malheureusement, Betty n'était pas en mesure
de s'occuper des animaux toute seule.

BRANDON M'APPREND LA TRISTE NOUVELLE
AU SUJET DE L'HÔTEL DES ANIMAUX.

Dès que Betty aura trouvé un endroit pour héberger ses dix-huit chiens et chats, elle vendra son local au fleuriste d'à côté.

Pas étonnant que Brandon n'ait pas le moral. À partir de demain, il a l'intention d'aller chaque jour après les cours aider Betty à soigner les animaux jusqu'à ce qu'ils déménagent dans leur nouveau foyer.

Je suis vraiment désolée pour lui. Je sais à quel point il est attaché à l'Hôtel des animaux.

J'ai raconté tout ça à Chloë et Zoey, pendant le cours de gym. Tout en faisant des abdos, nous avons eu une grande discussion : qu'est-ce qu'on pouvait faire pour lui, et comment s'organiser ?

C'est alors que j'ai eu une idée géniale : patiner afin de lever des fonds pour l'Hôtel des animaux ! Toutes les trois, on pourrait y arriver !

Bien sûr, mes MAV étaient super contentes qu'on ait enfin trouvé un organisme caritatif à soutenir. Elles ont dit aussi que c'était pour moi l'occasion rêvée de prouver mon amitié à Brandon. Et puis, Zoey a dit...

Je me suis contentée de lui sourire en hochant la tête.

Mais pour être honnête, je n'avais pas la moindre idée
de ce qu'elle voulait dire ! Son commentaire n'avait absolument
RIEN à voir avec RIEN de ce qu'on était en train de raconter !

Zoey est très intelligente et je l'adore, mais parfois
je me demande où elle va chercher toutes ses idées loufoques.

En tout cas, j'ai accepté d'aller parler du Holiday on Ice Show
à Brandon. Nous avions besoin d'une cause à soutenir,
et l'Hôtel des animaux avait besoin d'embaucher quelqu'un
à temps partiel pour remplacer Phil pendant sa convalescence.

Zoey a fait les comptes et estimé qu'un don de 3 000 dollars
de la part du Holiday on Ice Show suffirait sans doute
à payer quelqu'un pendant 2 mois environ.

J'espère que Brandon approuvera notre idée.

Je n'ai pas voulu inquiéter Zoey et Chloë avec ça,
mais je crains que nous ne soyons pas les seules
à vouloir soutenir l'Hôtel des animaux !

Pendant que Brandon me parlait, près de mon casier,
j'ai surpris MacKenzie en train de nous épier
tout en faisant semblant de se remettre du gloss.

NON MAIS JE RÊVE! Vu le temps qu'a duré
notre conversation très privée, elle aurait pu se mettre
vingt-sept couches de gloss!

Cette fille est une vipère et ne recule devant rien
pour obtenir ce qu'elle veut.

J'espère qu'elle a déjà trouvé un organisme de bienfaisance
à soutenir, comme elle s'en est vantée auprès de ses copines
du CCC.

Parce que SINON...

ÇA RISQUE DE FAIRE VRAIMENT TRÈS MAL!

☹️ !!

Je suis tellement furieuse contre MacKenzie que j'ai envie de...
cracher par terre !

J'avais raison d'avoir des soupçons ! D'après les rumeurs
qui circulent dans le collège, MacKenzie va patiner
pour l'Hôtel des animaux !

OUI ! L'HÔTEL DES ANIMAUX ! TU LE CROIS, ÇA ?!!

Je n'en reviens pas : MacKenzie essaye de nous piquer
notre partenaire, comme ça, sans se gêner. J'ai eu cette idée
la première, et elle le sait très bien. Mais je ne me rendrai
pas sans combattre !
Je viens juste de la croiser, près de son casier. Elle a eu
le culot de jouer les innocentes. Elle a même pris son ton
le plus hypocrite pour me faire un compliment. Enfin, presque !

« Eh, Nikki ! Il est cool, ton pull ! Super look, vraiment !
Pour un chien. Mon caniche l'adorerait ! »

MON PULL ☹

Cette fille est une voleuse d'idées! Toujours prête
à vous poignarder dans le dos!

Pendant la pause déjeuner, j'ai fini par trouver Brandon,
à la rédaction du journal. Il avait une photo de chaque
pensionnaire de l'Hôtel des animaux et était en train
de rédiger des descriptions.

Il m'a expliqué que Betty redoublait d'efforts pour faire adopter tous ses animaux avant la fermeture de son local, à la fin du mois.

« OMG !!! me suis-je écriée. Déjà ?? »

Je voulais lui parler de notre idée pour lever des fonds au profit de l'Hôtel des animaux, grâce au Holiday on Ice Show.

Mais Brandon avait l'air tellement déprimé que je n'avais pas du tout envie de lui infliger une nouvelle déception.

Tenir ce foyer pour animaux demandait sûrement beaucoup de travail. Et il était tout à fait possible que Betty veuille juste vendre le fonds, récupérer l'argent, prendre sa retraite au soleil de Floride et passer le reste de ses jours à jouer au bingo !

Si elle refusait notre proposition pour éviter la fermeture du foyer, Brandon serait plus triste que jamais. Il me faisait vraiment pitié.

« Je peux faire quelque chose pour t'aider ? » j'ai demandé.

Brandon a levé les yeux vers moi et son visage s'est immédiatement éclairé.

« Oui. Si tu veux, tu peux classer ces photos dans l'ordre des annonces. Merci ! Et quoi qu'il arrive, je veux que tu saches que je ne t'oublierai jamais... » D'un geste nerveux, il a écarté sa frange de ses yeux et a poursuivi d'un ton gêné : « Enfin, je veux dire... je n'oublierai jamais que tu m'as donné un coup de main... »

J'étais un peu surprise de le voir aussi... sérieux. J'ai essayé de détendre l'atmosphère. « Pas de problème. Les amis, c'est fait pour ça, non ? Même si t'AS DES POUX ! »

Nous avons éclaté de rire tous les deux quand j'ai tenté d'imiter Brianna. Ensuite, on a tous les deux rougi et on s'est souri. Tout ça a duré genre une ÉTERNITÉ.

Ou, du moins, jusqu'à ce que nous soyons brutalement interrompus.

C'était MacKenzie qui faisait irruption dans la pièce
en roulant des fesses : « Salut, tout le monde ! C'est moi ! »

Elle a lâché son sac Prada juste au-dessus du tas de photos
que je venais de trier pour Brandon.

BRANDON ET MOI, BRUTALEMENT
INTERROMPUS

J'ai levé les yeux au ciel tandis que Brandon, lui, avait l'air super agacé.

Ensuite, elle lui a fait un grand sourire hypocrite. « Brandon, je viens d'avoir une idée géniale. Tu ne sauras pas comment me remercier. Mais il faut que je te parle en tête-à-tête ! » a-t-elle dit dans un souffle, en battant des cils comme si on venait de lui jeter une poignée de sable au visage.

OMG ! Voir cette fille draguer Brandon sous mon nez m'a tellement dégoûtée que j'ai vomi un peu dans ma bouche.

Soudain, MacKenzie m'a regardée et a froncé le nez comme si elle avait perçu une désagréable odeur de pieds. « Qu'est-ce que tu fais là, Nikki ? Tu sais pas que cette pièce est réservée aux journalistes expérimentés ? »

« Et moi, j'aimerais bien savoir pourquoi tu es fringuée comme une hôtesse de l'air super ringarde ! j'ai répliqué. T'es ici pour écrire ou pour distribuer des cacahuètes ? »

Brandon a fait semblant de tousser pour dissimuler son ricanement.

C'est ELLE qui a commencé à se la jouer critique de mode, avec son histoire de pull pour chien. Alors je continue, c'est tout!

MacKenzie a laissé échapper un rire haut perché, comme si elle appréciait la plaisanterie. Mais ses yeux me lançaient des poignards.

« Alors, tu travailles sur quoi, aujourd'hui ? » a-t-elle demandé à Brandon en regardant par-dessus son épaule. Elle a attrapé la photo d'un chiot.

« OMG !! J'adooore les chiots. Ils viennent de l'Hôtel des animaux, n'est-ce pas ? J'ai entendu dire qu'ils allaient fermer. J'espère qu'on ne sera pas obligés de faire piquer ces pauvres bêtes ! Ce serait HORRIBLE ! Tu sais quoi, j'ai une super-idée. Peut-être que je pourrais les aider en pa... »

Brandon a serré les dents, puis lui a coupé la parole :
« Tu sais, MacKenzie, Nikki et moi on travaille sur un projet très important. On est un peu pressés, là... Alors si ça te dérange pas... »

Il a toussé une nouvelle fois.

MacKenzie a reçu le message 5 sur 5.

« Oh, très bien... Je ne voulais pas vous déranger. Je venais juste récupérer mon... euh... » Elle s'est mise à fouiller la pièce du regard jusqu'à ce qu'elle repère quelque chose par terre.

« Mon... TROMBONE !
Justement, le voilà.
Je l'ai fait tomber hier,
sans le faire exprès,
et je l'ai cherché
partout !
Heureusement,
je l'ai retrouvé ! »

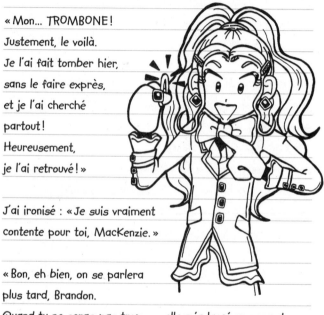

J'ai ironisé : « Je suis vraiment contente pour toi, MacKenzie. »

« Bon, eh bien, on se parlera plus tard, Brandon.
Quand tu ne seras pas trop... – elle m'a lancé un regard assassin – ... OCCUPÉ. Salut ! »

Elle a plaqué un sourire sur son visage, a fait un signe de la main à Brandon et a quitté la pièce en roulant des fesses. JE DÉTESTE quand MacKenzie roule des fesses.

C'était évident : elle venait parler à Brandon de son idée de patiner pour l'Hôtel des animaux. Mais comme ça n'a pas marché, elle a inventé cette histoire de trombone. Quelle GAMINE, quand même ?!

On a décidé, Chloë, Zoey et moi, de passer à l'Hôtel des animaux samedi, pour parler à Betty, la propriétaire. J'espère que MacKenzie ne nous aura pas devancées. Je crois qu'elle est SUPER jalouse de me voir passer plus de temps avec Brandon, en ce moment.

Dans ces conditions, il ne lui reste plus qu'à :

1. Pleurer un torrent de larmes.
2. Se jeter dedans.
3. SE NOYER !

AAAAAAHHHHH!! C'est moi, en train de crier.

POURQUOI? Je déteste ces QCM de maths, de science et de lecture qui durent 6 heures en tout!

Tu sais, le genre de tests qui transforme ta prof d'ordinaire sympa et agréable en GARDIEN DE QUARTIER DE HAUTE SÉCURITÉ qui passe entre les rangs et fait claquer un petit livret sur ton bureau.

PROF AUTREFOIS SYMPA

SLAP

SLAP

Puis, au début du test, elle met en route son petit chronomètre
et hurle...

« VOUS POUVEZ COMMENCER... TOP ! »

... et à la fin du test, elle appuie une nouvelle fois
sur son petit chronomètre et hurle...

« C'EST TERMINÉ... TOP ! »

Puis elle dit : « Posez vos stylos ! Ne tournez pas la page.
Les mains sur la tête ! Vous avez le droit de garder le silence.
Dans le cas contraire, tout ce que vous direz pourra être
et sera utilisé contre vous devant un tribunal. Vous avez
le droit de consulter un avocat... »

OMG ! C'est MÉGAFLIPPANT ! Pas étonnant que les élèves
obtiennent des résultats aussi médiocres. Mais le pire,
c'est qu'on compare tes résultats avec les résultats
des autres élèves de la région, puis du pays... Et c'est pas
cool, parce que les élèves des collèges d'ailleurs ne sont
jamais aussi NULS que ceux de ton propre collège !

Et comme la NULLITÉ est plus contagieuse que la varicelle,
tu n'as aucune chance de faire mieux que les élèves
des autres collèges!

Surtout quand tu es placé à côté d'un type de 17 ans qui est
ENCORE en 4ᵉ et qui mange encore ses crottes de nez.

Par conséquent, dans ces conditions, pourquoi faire
le maximum quand tu sais d'avance que tu auras
une MAUVAISE note? C'est vrai, quoi!

J'aimerais bien faire un QCM genre «points à relier».
Chaque élève inventerait un dessin en noircissant les petits
cercles de sa copie avant de les relier entre eux, et celui
qui ferait le dessin le plus original aurait la meilleure note.

Ce genre de test serait plus juste et, surtout,
BEAUCOUP PLUS FACILE. ☺

J'ai hâte de battre tous ces grosses tronches, d'être
parmi les meilleurs du pays et de remporter une bourse
pour l'université de Harvard.

Tout ça grâce à mon FABULEUX chef-d'œuvre !!

RÊVE DE PAPILLON AU CRAYON HB

Nom **NIKKI MAXWELL**   Classe **4ᵉ**   Date **12 décembre**

QCM

(A) (B) ● (D)

1. (A) (B) (C) (D)
2. (A) (B) (C) (D)
3. (A) (B) ● ●
4. (A) ● (C) (D)
5. ● (B) (C) (D)
6. ● (B) (C) (D)
7. ● (B) (C) (D)
8. ● (B) (C) (D)
9. ● (B) (C) (D)
10. (A) ● ● ●
11. (A) (B) ● ●
12. (A) ● (C) (D)
13. (A) ● (C) (D)
14. (A) ●
15. (A) (B) (C) ●
16. ● ● ● (D)
17. (A) (B) (C) (D)

18. ● (B) (C) ●
19. ● (B) (C) ●
20. (A) ● ● (D)
21. ● (B) (C) ●
22. ● (B) (C) ●
23. (A) ● ● (D)
24. ● (B) (C) ●
25. ● (B) (C) ●
26. ● (B) (C) ●
27. ● (B) (C) ●
28. (A) ● ● (D)
29. ● (B) (C) ●
30. ● (B) (C) ●
31. ● (B) (C) ●
32. (A) ● ● (D)
33. (A) (B) (C) (D)
34. (A) (B) (C) (D)

35. (A) (B) (C) (D)
36. (A) (B) (C) (D)
37. ● ● (C) (D)
38. (A) (B) ● ●
39. (A) (B) (C) ●
40. (A) (B) (C) ●
41. (A) (B) (C) ●
42. (A) (B) (C) ●
43. (A) (B) (C) ●
44. ● ● ● (D)
45. ● ● (C) (D)
46. (A) (B) ● (D)
47. (A) (B) ● (D)
48. ● (B) (C) (D)
49. ● (B) (C) (D)
50. (A) ● ● ●

Je suis un génie, tu trouves pas ? ☺

99

VENDREDI 13 DÉCEMBRE

Je suis tellement énervée, là, que j'ai du mal à écrire !

Ça fait 2 heures que je suis enfermée dans ma chambre,
en train de pleurer.

Et je n'ai aucune idée de la manière dont je vais gérer
ce problème.

Après avoir déposé Brianna à son cours de danse,
à 17 h, ma mère a décidé d'acheter des poinsettias
et des décorations de Noël pour la maison.

Bien sûr, il a fallu qu'elle choisisse le magasin de fleurs
juste à côté de l'Hôtel des animaux !

C'était une super-coïncidence parce que, avec Zoey et Chloë,
on avait décidé d'y aller demain, de toute façon.

Maman m'a dit qu'elle en avait pour un quart d'heure environ,
et qu'on pouvait se retrouver à la voiture. Je me suis précipitée
à l'Hôtel des animaux en priant pour que Betty soit là.

Derrière la porte, j'ai vu un tas de cartons de déménagement vides, et j'ai senti mon cœur se serrer.

Visiblement, j'arrivais trop tard!

J'ai jeté un œil à l'intérieur du bureau et j'ai vu une vieille dame retirer des photos du mur.

« Excusez-moi! Vous êtes Betty? »

Elle m'a souri : « Oui, c'est moi. Entre donc. C'est le moment idéal pour adopter un de nos animaux, parce que nous allons fermer très bientôt. Es-tu intéressée par un chien ou un chat? »

Je l'ai tout de suite trouvée sympathique.

Maintenant, je comprends pourquoi Brandon l'aime tant, lui aussi.

« Il faut que tu remplisses quelques papiers, a-t-elle ajouté en prenant un classeur. Mais la bonne nouvelle, c'est que ça ne te coûtera rien du tout! »

« Euh... En réalité, je ne suis pas ici pour adopter un animal, même si je les trouve adorables. Je suis venue la semaine dernière pour donner un coup de main et je me demandais si vous accepteriez que je représente l'Hôtel des animaux lors d'un spectacle organisé par mon collège. »

Betty m'a fait signe de m'asseoir.

« Tout d'abord, merci d'avoir donné un peu de ton temps pour nous aider, a-t-elle dit. C'est grâce à des gens engagés et généreux comme toi que nous avons pu placer plus de deux cents animaux, cette année. Mais malheureusement, mon mari est tombé d'une échelle pendant qu'il était en train de repeindre la cuisine, et il s'est fait une double fracture à la jambe. Nous ne pouvons pas continuer... »

Sans perdre de temps, je lui ai parlé du Holiday on Ice Show et lui ai expliqué de quelle manière l'argent rapporté pourrait l'aider à garder le foyer ouvert pendant quelques mois supplémentaires – jusqu'à ce que son mari, comme je l'espérais, soit complètement remis.

Soudain, Betty a fondu en larmes, submergée par l'émotion...

Je n'ai pas du tout été surprise quand elle m'a raconté
la suite :

« Tu sais, j'ai eu un message téléphonique, hier, de la part
d'une jeune fille qui m'a parlé du Holiday on Ice Show, mais j'ai
cru qu'elle vendait des billets. Elle s'appelle Madison, je crois...
ou Mikaya... »

« MACKENZIE ? »

« Oui, c'est ça. MacKenzie. Comment le sais-tu ? »

« Oh, comme ça... »

« Eh bien, Nikki ! Explique-moi comment faire, maintenant !
J'ai hâte de vous voir patiner, toi et tes amies. »

Notre entretien s'est encore mieux déroulé que je l'aurais
imaginé.

Elle m'a donné sa carte, le numéro de téléphone
de son domicile et même celui de l'hôpital, pour
que je puisse la joindre à tout moment.

« Nikki, tu ne peux pas savoir à quel point c'est important
pour moi, pour mon mari, et surtout pour notre petit-fils !
s'est exclamée Betty. Le pauvre garçon ! Il a beaucoup souffert
de la perte de ses parents, il y a quelques années, et voilà
qu'aujourd'hui, nous allons devoir déménager en plein milieu
d'année ! J'avais très peur de lui annoncer la mauvaise nouvelle,
mais grâce à toi, je n'aurai pas à le faire. Il est dehors,
en train de promener les chiens. Merci, merci ! »

Elle m'a serrée si fort dans ses bras que j'avais du mal à respirer.

« Merci à vous d'avoir accepté de nous parrainer et de nous permettre de patiner pour vous, ai-je répondu, les larmes aux yeux, moi aussi. Nous essaierons de faire honneur à l'Hôtel des animaux ! »

En quittant le foyer, j'ai remarqué qu'une palissade entourait la maison.

Puis j'ai entendu des chiens aboyer et je n'ai pas pu m'empêcher de jeter un œil dans le jardin.

J'ai vu un garçon courir avec huit chiens de tailles, de races et de pelages différents, parmi lesquels les trois chiots dont je m'étais occupée.

Il me tournait le dos, mais j'ai vu qu'il avait une de ces balles en mousse et disputait un match de foot, seul contre tous ces animaux...

Il courait dans l'herbe avec la balle, esquivant des tacles
imaginaires, tandis que les chiens, ravis, le pourchassaient
en aboyant et en lui mordillant les talons.

« BUUUUUUT ! Et le public applaudit !!! Aaaaaahhh !! »

C'est alors que je me suis dit que sa voix
ne m'était pas inconnue.

Mais mon cerveau refusait de faire la connexion,
alors j'ai pensé qu'il devait avoir la même voix que
quelqu'un que je connaissais.

Le garçon a posé le ballon au sol et a entamé une espèce
de danse de la victoire. Il courait dans tous les sens,
pendant que les chiens aboyaient et tournaient
à toute vitesse autour de lui.

Puis lui et les chiens se sont laissés tomber au sol,
complètement épuisés.

Quand j'ai vu son visage, je me suis figée, sous le choc...

C'ÉTAIT BRANDON!!

Soudain, les paroles qu'il m'avait dites, quelques jours plus tôt, sur le fait qu'il n'oublierait jamais ce que j'avais fait pour lui quoi qu'il arrive, ont pris une signification complètement nouvelle.

Il SAVAIT que si l'Hôtel des animaux fermait, lui et ses grands-parents seraient sans doute obligés de déménager pendant les vacances de Noël !

NOOOON !! CE N'EST PAS POSSIBLE ! OMG ! OMG ! OMG !

SI ÇA SE TROUVE,

BRANDON et MOI,

ON NE SE VERRA plus jamais !!
☹ !!

Le choc que j'ai eu en découvrant la vérité sur Brandon
commence à s'apaiser un peu.

Mais un million de questions se bousculent encore
dans ma tête :

QUI est vraiment Brandon?

D'OÙ vient-il?

QU'EST-IL arrivé à ses parents?

DEPUIS QUAND vit-il avec ses grands-parents?

COMMENT a-t-il atterri au WCD?

Et que penser de tout ce que Jessica et MacKenzie ont
raconté sur Brandon dans les toilettes des filles?
Y a-t-il quelque chose de vrai dans tout ça?

Rien que d'y penser, j'ai la tête qui tourne et le cœur qui bat
à 100 à l'heure.

J'arrive pas à imaginer toutes les épreuves qu'il a dû traverser !

Mais je ne dirai pas un mot de tout ça à qui que ce soit. Même pas à Chloë et Zoey.

Si Brandon veut que ça se sache, il le dira lui-même.

Au moins, il s'est passé quelque chose de bien aujourd'hui. J'ai renvoyé les papiers, alors maintenant, c'est OFFICIEL :

Zoey, Chloë et moi allons patiner au Holiday on Ice Show, au profit de l'Hôtel des animaux !!

Et j'ai bien l'intention de faire tout ce qui est en mon pouvoir pour que ce foyer reste ouvert.

Pour les animaux.

Pour Betty et Phil.

Et, plus que tout, pour... BRANDON !

JE <u>SAIS</u> QUE JE PEUX Y ARRIVER. ☺ !!

ARRRRGGGGGHHH!

Je suis tellement en colère contre Brianna et miss Plumette
en ce moment que je pourrais... CRIER!

Mais comme tout ça était une idée (STUPIDE) de Maman
alors, théoriquement, c'est aussi sa faute!

J'aurais cru qu'après avoir donné naissance à deux enfants,
elle se montrerait plus responsable!

Pourquoi m'a-t-elle demandé, à MOI, de perpétuer la tradition
familiale en préparant les biscuits de Noël pour les amis
et les voisins?

J'aurais dû me douter que Maman mijotait quelque chose
quand elle a commencé à se comporter bizarrement,
ce soir, pendant le dîner.

Après avoir mis le couvert, elle est restée plantée là,
comme un mannequin, appuyée à ma chaise, à me regarder
avec une expression étrange sur le visage.

Mais comme je mourais de faim, je l'ai ignorée
et j'ai continué à m'empiffrer.

Tout à coup, le regard de Maman s'est figé et elle a cessé de cligner des paupières. Ça ne pouvait signifier qu'une seule chose.

Elle avait dû se blesser au cerveau en fixant le rôti et avait besoin de soins médicaux de toute urgence. Ou PAS.

« Maman ! Ça va ?! » j'ai articulé, la bouche pleine.

« Oh ! » Soudain, elle est sortie du brouillard et un grand sourire a illuminé son visage. « Oui. Je pensais que ce serait merveilleux de te transmettre cette tradition pâtissière, pour que tu puisses à ton tour la transmettre à ta fille, un jour... »

J'ai failli vomir dans ma purée. « Quoi ? »

POURQUOI elle me parlait de BÉBÉS ?

BRANDON et moi, on s'est même pas encore tenu la main !

J'étais ravie que Maman ait de si bons souvenirs de nos séances de pâtisserie, quand j'étais petite...

MAMAN ET MOI (À 5 ANS)

EN TRAIN DE FAIRE DES BISCUITS DE NOËL

Désolée, mais je ne SUIS pas du tout pressée de faire
des biscuits avec ma propre fille.

Surtout parce que je crains de mettre au monde
une petite TERREUR, pour me punir de tout ce que j'ai fait
subir à ma mère...

MOI ET MA FILLE (À 5 ANS)

EN TRAIN DE FAIRE DES BISCUITS DE NOËL

Alors, Maman a posé ses mains sur mes épaules

et m'a regardée droit dans les yeux.

« Nikki, tu veux bien préparer les biscuits de Noël

cette année? Ça me ferait très plaisir, tu sais. »

Instinctivement, j'avais envie de crier : « Arrête, Maman,
tu me fais peur ! »

Mais au lieu de ça, j'ai haussé les épaules, avalé une bouchée
de viande et marmonné un vague « Mmh... d'accord. »

Faire quelques biscuits, c'est pas la mer à boire, non ?
Les mamans en préparent tout le temps !

Une fois le dîner terminé, Maman m'a donné la recette
puis elle est partie terminer ses achats de Noël
au centre commercial.

Ce qui m'inquiétait le plus, c'est que Maman s'était arrangée
pour oublier un détail d'importance : il fallait que je cuisine
avec BRIANNA ! ☹

J'ai déjà essayé de préparer un bon dîner avec Brianna,
à la rentrée dernière, et ça a été un DÉSASTRE TOTAL.

De plus, je suis toujours hantée par le terrible souvenir
de la crème glacée maison que nous avons préparée
pour Thanksgiving : Papa et Brianna se sont retrouvés
la langue collée au métal de cette maudite machine à glace !

Brianna a déboulé dans la cuisine.

« Salut, Nikki ! Tu sais quoi ? Moi et miss Plumette,
on va t'aider à faire des biscuits ! »

SUPER ! j'ai pensé. ☹

Il fallait absolument que j'occupe Brianna afin
qu'elle ne soit pas dans mes jambes et qu'elle ne fasse pas
de trucs dangereux.

Comme mettre miss Plumette dans le micro-ondes pour voir
si elle n'allait pas se transformer, comme par magie,
en cornet de pop-corn.

Alors pour la distraire, je lui ai demandé d'aller me chercher
deux plaques à pâtisserie.

C'était super bien parti. J'avais pesé tous les ingrédients
et j'étais sur le point de les mélanger.

C'est alors que Brianna s'est mise à faire un tel vacarme
qu'on se serait cru sur un chantier de construction.

CLANK! BANG! KLONK! CLANK!

« Brianna ! Je m'entends même pas penser !
Arrête ou ma tête va exploser ! »

Son regard s'est allumé : « Vraiment ? Ce bruit va faire
exploser ta tête ? Cool ! »

CLANK! BANG! KLUNK!

Je l'ai menacée : « Brianna ! Arrête ou j'appelle Maman... ! »

« Regarde-moi ! m'a-t-elle lancé, en tournant comme
un robot dans la cuisine. Je suis le bûcheron en fer-blanc
du *Magicien d'Oz* ! »

« Désolée, Brianna ! Tu n'es pas le bûcheron en fer-blanc !
j'ai grogné. Achète-toi un cerveau, comme ça tu pourras
faire l'épouvantail ! »

« Mais, Nikki, j'AI un cerveau ! REGARDE ! » a-t-elle protesté
en ouvrant grand la bouche et en désignant du doigt le fond
de sa gorge.

J'ai pris une chaise et je l'ai posée devant elle.

« Assieds-toi là et ne bouge pas, petit bûcheron en fer-blanc.
Imagine que tu es en train de rouiller, d'accord ? »

J'ai mélangé les ingrédients pour les biscuits, étalé la pâte
et fait des sapins de Noël avec les emporte-pièces
de Maman.

Ensuite, j'ai enfourné les biscuits. Quand je me suis retournée,
Brianna léchait la cuiller.

« Brianna, ne lèche pas la cuiller ! J'en ai besoin pour faire
la dernière fournée ! »

« C'est de la faute de miss Plumette, pas de la mienne.
Elle a voulu goûter la pâte à biscuits pour être sûre
qu'elle n'est pas ratée. Elle dit que tu es très bonne en dessin,
mais que tu cuisines comme un PIED ! »

Je n'en revenais pas d'apprendre que miss Plumette disait
du mal de moi comme ça. Surtout qu'elle n'était même pas
vraiment... euh... un être humain.

J'avais envie de prendre le rouleau à pâtisserie et de lui
montrer, moi, si je cuisinais comme un PIED !!

Mais, au lieu de ça, j'ai décidé de me détendre en regardant
la télé dans le salon pendant que mes biscuits étaient au four.
J'avais un quart d'heure devant moi.

5 minutes plus tard à peine, j'ai senti que quelque chose
brûlait.

Je me suis précipitée dans la cuisine et j'ai vu Brianna,
debout près du four, une expression vraiment COUPABLE
sur le visage.

J'ai ouvert les fenêtres pour évacuer toute la fumée
en espérant que les pompiers n'allaient pas débarquer.
OMG! Si ma photo faisait la une du journal du coin,
j'en MOURRAIS!

MOI, PLACARDÉE EN 1ʳᵉ PAGE

Cette petite séance de pâtisserie était un COMPLET
DÉSASTRE!

Maintenant, il faut que j'appelle Maman pour lui demander de s'arrêter au supermarché en rentrant.

Parce que cette année, grâce à Brianna et à miss Plumette, tous nos amis et les membres de notre famille devront compter sur le père Noël pour leur distribuer leurs cookies de fin d'année ! ☹

Je n'arrive pas à croire qu'on va commencer les répétitions de patin à glace demain. Bientôt, je glisserai sur la patinoire comme une pro et je ferai des doubles axels !

J'ai l'intention d'aller me coucher de bonne heure pour être en pleine forme et bien reposée demain.

Ça risque d'être un peu difficile, maintenant que je connais sa situation, de me comporter normalement avec Brandon. Je m'inquiète encore beaucoup pour lui.

Mais je crois que je l'aime encore plus qu'avant !

 !!

Là, tout de suite, je suis tellement FRUSTRÉE que je pourrais...

HURLER ! ☹

Aujourd'hui, pendant le cours de gym, j'ai fait du patin à glace pour la première fois et c'était une VRAIE CATA !

Déjà, tenir debout sur la glace était genre 10 fois plus difficile que ce que j'aurais cru.

POURQUOI, POURQUOI, POURQUOI j'ai accepté de participer à ce spectacle débile ?

Je devais être FOLLE – provisoirement.

Ensuite, voir MacKenzie aussi VÉNÈRE que Chloë, Zoey et moi on patine pour l'Hôtel des animaux et pas ELLE n'a rien arrangé.

Comme d'habitude, cette fille a tout fait pour me pourrir la vie.

J'en reviens pas : Mackenzie a osé me dire ça en face !

Toute la classe l'a entendue. J'avais l'impression
que tout le monde ricanait derrière mon dos.

OMG !! J'étais au-delà de l'HUMILIATION !

On était censés s'entraîner au patinage pendant le cours
de gym.

Mais NON... Moi, je ne me suis pas entraînée du tout.
Pourquoi ?

PARCE QUE JE SUIS

TELLEMENT NULLE EN PATIN

À GLACE QUE JE NE TIENS

MÊME PAS DEBOUT,

VOILÀ POURQUOI !

Chloë et Zoey me tenaient chacune par une main,
comme un petit bébé qui fait ses premiers pas.
Mais ça m'empêchait pas de tomber !

La SEULE chose que j'arrivais à faire, c'étaient les figures où il faut avoir les jambes molles !

Eh bien, je suis navrée de décevoir ces petites pestes du CCC. Mais si elles ont eu l'impression que je dansais, elles se sont lourdement trompées !

Chloë et Zoey m'ont dit de me détendre et de me montrer patiente : il me faudrait bien trois ou quatre semaines de pratique avant d'arriver à faire le tour de la piste toute seule.

Mais notre spectacle de patinage est dans 2 SEMAINES seulement !
Eh, les filles, faites le calcul !!

Zoey m'a suggéré de lire *Le Patinage artistique pour les nuls*.

Et Chloë a proposé de me prêter *La Princesse des glaces*.

Mais personnellement, je ne crois pas que les livres puissent m'aider beaucoup.

Les DEUX seules choses dont j'ai besoin en ce moment, c'est :

Un appareil comme en utilisent les très vieilles personnes, car sur la glace six jambes valent mieux que deux.

Et un oreiller bien moelleux, parce que avec la douzaine
de bleus que je me suis faits sur les fesses, je ne vais plus
pouvoir m'asseoir pendant 1 semaine...

Malheureusement, nous allons continuer l'entraînement
de patin pendant toute la semaine, en cours de gym.

Puis les 26, 27 et 30 décembre, nous ferons trois répétitions
générales avant la représentation du 31.

Je ne voudrais pas jouer les rabat-joie, mais cette histoire de patinage est en train de tourner au véritable CAUCHEMAR !

AAAAAHHHHHHHHH !!!!!

C'était moi, criant de frustration. ENCORE !

Mais il faut que je reste calme et concentrée.

Je ne peux pas me permettre d'échouer. Sinon, Brandon sera obligé de déménager, et il a déjà été suffisamment traumatisé comme ça.

OMG ! Dans quelle galère je me suis fourrée ??!

☹ !!

MARDI 17 DÉCEMBRE

Je suis dans ma chambre, et j'essaye de ne pas CRAQUER complètement.

Je déteste faire les choses au tout dernier moment.

Mon devoir sur *Moby Dick* est à rendre dans moins de 14 heures et je commence à peine.

Enfin, quand je dis que je commence, je ne parle pas du devoir lui-même, mais de ce LIVRE débile, que je n'ai pas encore lu ! ☹

Ma plus grande crainte est que ce récit aggrave encore plus une pathologie très sérieuse dont je suis affligée.

En effet, je suis SUPER ALLERGIQUE à... l'ENNUI !

Il est possible que la lecture de *Moby Dick* provoque chez moi une réaction allergique sévère due à l'ennui mortel susceptible de déclencher un choc anaphylactique.

En fait, je pourrais... EN MOURIR!

MOI EN TRAIN DE MOURIR D'ENNUI
– SANS CONSCIENCE NI SOUFFRANCE –
EN LISANT *MOBY DICK*

Dans ce cas, ma prof écrirait en rouge «DEVOIR INCOMPLET» sur ma copie, et j'aurais une note catastrophique!

OMG! Et si elle me forçait à prendre des cours pendant l'été pour rattraper tout ça? Ce serait l'HORREUR, non?

Heureusement, je serais déjà morte d'une crise d'allergie à l'ennui! ☺

En tout cas, je ne savais pas comment faire pour lire ce pavé de 768 pages ET rédiger un devoir, mais j'étais DÉTERMINÉE à réussir.

Alors, j'ai sorti mon *Moby Dick* et j'ai commencé à lire aussi vite que mes yeux me le permettaient.

La bonne nouvelle, c'est que si j'arrivais à lire 6 pages à la minute, j'aurais terminé en un peu plus de 2 heures! ☺

J'ai été agréablement surprise de ne pas piquer du nez aussitôt et de ne pas souffrir de complications majeures dues à mon allergie à l'ennui.

Mais après ce qui m'a paru une éternité, j'étais dans un tel état d'épuisement mental que les mots commençaient à danser devant mes yeux. C'est alors que j'ai décidé de prendre une pause d'un petit quart d'heure. Après cette lecture intensive, ça s'imposait!

Surtout que, d'après mon réveil, je venais de lire pendant 7 minutes, et que je n'avais lu que 3 pages entières.

En refaisant rapidement mes calculs, j'ai fait une découverte aussi choquante que sinistre.

Vu la vitesse à laquelle je travaillais, j'en aurais pour UNE ÉTERNITÉ à lire le livre, même sans m'arrêter pour me reposer, manger, boire un verre d'eau, dormir ou aller aux toilettes.

Et ça ne m'amusait pas du tout.

Soudain, j'ai ressenti le désir pressant de déchirer une par une les pages de ce livre et de les jeter dans les toilettes tout en sautant à cloche-pied.

NE CHERCHE PAS !! C'était l'épuisement mental.

À quel point est-ce que je REFUSAIS de lire *Moby Dick*?

Alors j'ai fait une liste...

5 CHOSES QUE JE PRÉFÉRERAIS FAIRE PLUTÔT QUE DE LIRE MOBY DICK

1. M'arracher un œil avec une spatule sale.
2. Récurer toutes les toilettes de la maison avec une brosse à dents.
3. Me brosser les dents avec la brosse à dents précédemment utilisée.
4. Rendre visite à Mme Wallabanger, notre voisine, pour qu'elle me raconte en détail sa dernière opération du gros orteil.
5. Jouer avec Brianna.

JOUER AVEC BRIANNA ?!

Je n'arrivais pas à croire que j'avais écrit ça.

Surtout après ce qu'elle m'avait fait ce soir-là, au dîner.

DÉGOÛTANT!

Elle a ouvert sa bouche pour me montrer du thon au brocoli à moitié mâché.

Pendant qu'un peu de mélange multifruits lui coulait par le nez.

OMG! C'était tellement DÉGUEU que ça m'a coupé l'appétit!

Rien que d'y repenser, ça me donne envie de vomir.

Tout à coup, j'en ai eu assez. J'ai refermé bruyamment mon livre et je l'ai jeté à travers la pièce. Je n'en pouvais plus.

Puis je suis sortie dans le couloir et j'ai passé la tête dans la chambre de Brianna.

« Quoi de neuf, Brianna ? »

Elle était allongée par terre et jouait à la poupée.

« La méchante sorcière a jeté la princesse Dragée
dans la mer, et le bébé licorne essaye de la sauver.
Mais comme il ne sait pas nager, le bébé dauphin magique
doit l'aider », a-t-elle expliqué.

« Ça a l'air marrant ! »

« Tu veux jouer avec moi ? » a demandé Brianna,
toute contente.

Qu'est-ce qui comptait le plus, au fond ?

Passer du temps avec ma merveilleuse petite sœur ?

Ou lire *Moby Dick* ?

Maman aurait été fière de moi !

BRIANNA ET MOI,
EN TRAIN DE JOUER À LA POUPÉE

Brianna a pris son bébé dauphin magique et a lancé
d'une voix aiguë : « Vite, bébé licorne ! Saute dans mon bateau
et allons sauver la princesse Dragée ! »

J'ai mis le bébé licorne dans le bateau en plastique et j'ai imité de mon mieux la voix d'Alvin dans *Alvin et les Chipmunks* : « D'accord, allons-y ! Merci pour ton aide, bébé dauphin magique ! Comment te remercier ? »

« En venant à ma fête d'anniversaire et en apportant plein de bonbons ! Je vais organiser une super pizza party chez Queasy Cheesy, et il y aura aussi des gâteaux au chocolat ! » a répondu Brianna, ravie.

« Oh ! Génial ! J'ADORE le Queasy Cheesy !... Et le gâteau au chocolat ! » a ajouté le bébé licorne.

« Attention aux requins ! a lancé bébé dauphin magique. Ils ont des dents très pointues, tu sais ! »

« AAAHHHHH ! DES REQUINS ! Laissez-moi sortir d'ici ! » a crié bébé licorne en courant se cacher.

« Attends, bébé licorne ! Reviens ! a crié bébé dauphin magique. Qui va sauver la princesse Dragée si tu m'abandonnes ? »

Le bébé licorne s'est mis à hurler : «Pas moi!
Appelle le SAMU! Les requins ont des dents très pointues!»

Brianna riait. «Nikki! c'est exactement comme le film
de la princesse Dragée, mais en plus marrant!»

C'est alors qu'une petite ampoule s'est allumée dans ma tête.
BATEAU? POISSON? DENTS POINTUES?! FILM?!

«Brianna, j'ai une idée! Faisons un vrai film! Toi, tu vas faire
couler de l'eau dans la baignoire et moi, je vais chercher
la caméra vidéo de Papa. On va s'éclater!»

Brianna était toute folle : «YEEESSS! Je vais mettre
mon maillot de bains princesse Dragée!»

Je me suis précipitée dans ma chambre et j'ai relu
l'énoncé du devoir que je devais faire sur *Moby Dick*.

« Vous vous attacherez à développer les deux points suivants : l'allégorie de la baleine, Moby Dick, et le caractère trompeur du destin. Vous pouvez réaliser votre travail sous la forme d'un devoir écrit ou utiliser tout autre support d'expression. SOYEZ INVENTIFS ! »

EXCELLENTE nouvelle ! J'ai survolé rapidement les dernières pages de *Moby Dick*.

J'avais un peu pitié de ce capitaine Achab. À la fin, il est tellement aveuglé par son désir de vengeance qu'il se jette à l'eau – au propre comme au figuré, j'ai l'impression !

J'ai rassemblé à la hâte quelques éléments. Puis j'ai auditionné les acteurs et travaillé leurs rôles.

Bien sûr, Brianna voulait être la star du film. Et comme aucun des jeunes acteurs de Disney ou de Nickelodeon n'était disponible dans un délai aussi bref, j'ai cédé.

LE CASTING DE *MOBY DICK*

Ismaël (joué par une poupée Kent), narrateur et membre de l'équipage du *Péquod*.

Le capitaine Achab (joué par une poupée sorcière), le capitaine fou du *Péquod*. N'a qu'une obsession : tuer la baleine qui lui a arraché une jambe.

Le *PÉQUOD*, un baleinier sinistre sillonnant l'océan Atlantique (interprété par un bateau Playmobil).

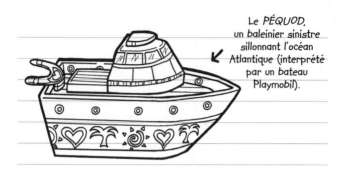

MOBY DICK, la baleine blanche tueuse (interprétée par Brianna Maxwell).

Le tournage a été assez difficile. J'ai utilisé un ventilateur pour simuler une mer agitée.

En 1 heure, le film était terminé. J'étais très satisfaite de mon travail, réalisé dans des conditions extrêmes : acteurs amateurs, budget limité, tournage en studio.

Tout ce que j'espère, c'est que j'aurai une note correcte.

Mais le plus important, c'est que j'ai appris une leçon essentielle concernant les dangers de la procrastination...

Il ne faut JAMAIS, JAMAIS attendre la dernière minute pour rédiger un gros devoir.

SAUF, bien sûr, si tu as une petite sœur qui peut improviser le rôle d'une baleine tueuse ! GRRRRRR !

Je songe à présenter mon film dans l'un de ces prestigieux festivals de cinéma d'Hollywood.

Qui sait ?! Peut-être qu'un jour *Moby Dick contre la princesse Dragée sur un bateau Playmobil* passera près de chez toi !

☺ !!

OMG !!! ☹

Je ne me suis jamais sentie aussi HUMILIÉE de toute ma vie !

Aujourd'hui, en cours de gym, notre prof nous a annoncé qu'on passerait toute l'heure à observer un groupe de patineurs très spécial.

Elle nous a dit qu'ils étaient bourrés de talent, très travailleurs, et méritaient admiration et respect.

Ensuite, elle a expliqué qu'elle allait noter les patineurs pendant que la classe les regarderait.

J'étais à la fois tellement ravie et soulagée d'entendre ça que j'ai fait dans ma tête une « danse du bonheur » silencieuse.

Je suis vraiment nulle en patin à glace ! Et au lieu de faire des progrès, j'ai l'impression d'être de plus en plus nulle, je te jure !

J'étais impatiente de voir patiner ces lycéens super doués. Peut-être qu'en les regardant, je pourrai apprendre une ou deux choses ?

C'est alors que ça a commencé à *se gâter*.

Notre prof nous a demandé de nous lever, MacKenzie, Chloë, Zoey et moi.

Puis elle a dit que chacune d'entre nous devrait danser *seule* et exécuter les figures que nous avions répétées pour le Holiday on Ice Show.

Bien sûr, MacKenzie, Chloë et Zoey étaient super contentes de montrer ce qu'elles savaient faire sur la glace.

Mais MOI, j'ai failli faire pipi dans ma culotte! Chaque cellule de mon corps voulait sortir d'ici en hurlant. Mais au lieu de ça, j'ai haussé les épaules et j'ai fait : « Euh... d'accord. »

Même si MacKenzie n'avait pas trouvé d'organisme à soutenir, son enchaînement était absolument parfait.

Sur la glace, elle se déplaçait avec la grâce d'une princesse des glaces...

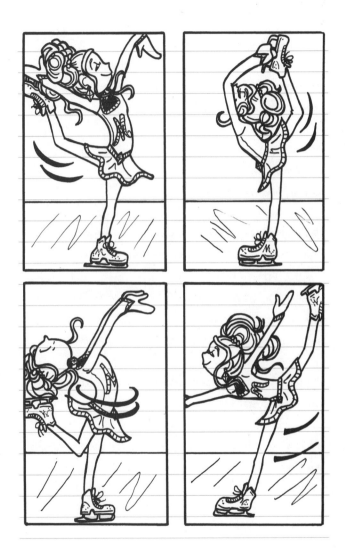

Quand MacKenzie a terminé son enchaînement, toute la classe s'est levée pour l'applaudir. Et notre prof lui a donné une super-note : 9,5 ! J'étais verte de jalousie.

Ensuite, c'était mon tour. Je me suis élancée sur la glace en me répétant : « TU PEUX LE FAIRE ! TU PEUX LE FAIRE ! TU PEUX LE FAIRE ! TU PEUX LE FAIRE ! »

J'ai fini mon enchaînement en m'emmêlant les pinceaux et j'ai terminé à plat ventre sur la glace, genre palet humain.

Et, à l'instant précis où je pensais que je n'aurais pas pu faire pire, je me suis encastrée dans un but de hockey – sans pouvoir en sortir, bien sûr !

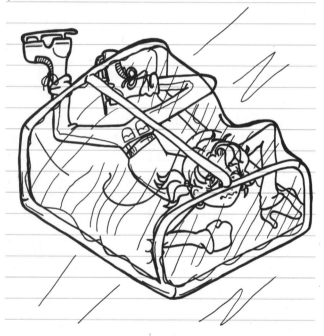

On aurait dit une espèce de HOMARD GÉANT avec du gloss, des créoles et des patins à glace.

Évidemment, toute la classe s'est levée et a crié « BUT! »
en se frappant dans les mains pour se féliciter.

J'avais l'impression que tout le monde me montrait du doigt
et se moquait de moi. J'avais TRÈS, TRÈS envie de pleurer !
Je ne savais pas ce qui me faisait le plus mal : mon ventre
ou mon ego.

Alors, pour ajouter l'insulte à la douleur, j'ai vu ma note...

Je n'en revenais pas : ma prof de gym m'avait donné un -4 !

D'accord, je ne suis pas juge professionnel, mais n'importe quel crétin sait qu'il n'y a pas de notes négatives en patinage artistique !

J'étais si furieuse que j'ai agressé ma prof devant toute la classe.

« Écoute, ma vieille ! RAMÈNE TES GROSSES FESSES SUR LA GLACE ET ON VERRA SI TU TE CASSES PAS QUELQUE CHOSE ! »

Mais j'ai dit ça dans ma tête, et personne d'autre que moi ne l'a entendu.

Chloë et Zoey se sont précipitées pour m'aider et me demander si tout allait bien.

Je leur ai dit que « oui, merci ! », avant de me précipiter dans les vestiaires des filles et de commencer à rédiger mon journal.

Je suis sûre que Chloë et Zoey réussiront des enchaînements parfaits.

Et qu'elles auront droit à une *standing ovation* de la classe et à une super bonne note de la part de la prof, comme MacKenzie!

Parce que toutes les trois sont vraiment douées en patinage artistique.

PAS COMME MOI!

C'est pas que je sois jalouse, non, non...

Ce serait vraiment trop puéril!

DÉSOLÉE, mais je ne peux pas continuer comme ça.

J'ABANDONNE!!

☹

Je me sens super mal d'avoir tout arrêté alors que l'enjeu pour Brandon et sa famille est aussi important.

Mais le spectacle n'est que dans 11 jours, et il est TOTALEMENT impossible que je fasse assez de progrès pour ne pas être TOTALEMENT ridicule.

En plus, c'est Victoria Steel, une célèbre patineuse artistique médaillée d'or aux JO, qui met en scène ce spectacle.

Chloë m'a raconté qu'elle était super sévère. Elle crie quand les patineurs tombent, même pour un simple spectacle de charité. L'année dernière, elle a exclu une patineuse du spectacle en lui disant qu'elle lui faisait honte !

En restant dans l'équipe qui soutient l'Hôtel des animaux, je risquerais de nous faire exclure du spectacle et perdre les 3 000 dollars nécessaires pour que le foyer puisse continuer à fonctionner.

Je ne peux pas courir ce risque.

MacKenzie, de son côté, était encore en quête d'une bonne cause à défendre. La chose la plus raisonnable et la plus responsable à faire était de ~~lui demander~~ la supplier à genoux de bien vouloir prendre ma place et patiner pour l'Hôtel des animaux.

Vu la situation, je n'avais pas vraiment le choix.

C'était la seule façon d'aider Brandon.

Et POURTANT, ÇA ME STRESSAIT À MORT!

Ma plus grande crainte était qu'il me prenne pour une enfant gâtée, complètement immature, indisciplinée, égoïste, moche et sans aucun talent!

J'avais prévu de tout lui expliquer demain, avant d'annoncer la nouvelle à Chloë et Zoey.

Mais aujourd'hui, Brandon est venu à la bibliothèque au moment où j'y travaillais avec mes deux MAV.

Elles venaient juste de partir pour aller chercher plusieurs cartons de nouveaux livres dans le bureau. J'étais seule au guichet.

MOI, TROP OCCUPÉE À RÉDIGER MON JOURNAL
POUR VOIR BRANDON

« Eh, Nikki ! »

« OMG ! Brandon ! Salut ! Je t'avais pas vu ! »

« Alors, le patinage, ça *se passe* comment ? »

« Justement, je voulais t'en parler. Faut que je t'avoue un truc,
et j'aimerais bien que tu fasses passer le message à Betty. »

Brandon a souri : « Ah oui ? C'est marrant,
parce qu'elle aussi m'a chargé de te dire quelque chose. »

« Ah bon ? À toi l'honneur, alors. »

« Non ! À toi ! »

Je l'ai regardé et il m'a regardée.

Nous avons parlé en même temps : « D'accord, alors ! »

Puis nous avons éclaté de rire.

« J'abandonne, Nikki. Tu as gagné, c'est moi qui commence... »

Puis il s'est baissé pour ramasser un sac.

« Betty m'a demandé de te donner ça. Elle m'a dit
qu'elle ne pourrait pas maintenir le foyer ouvert sans ton aide,
et c'est juste un petit cadeau pour te remercier. »

Brandon a chassé sa frange de son front et m'a fait
un grand sourire.

J'ai regardé le sac, puis Brandon, puis le sac,
puis encore Brandon.

« Alors ? a-t-il dit en me tendant le sac. Pourquoi
tu ne l'ouvres pas ? Elle veut savoir si ça te plaît... »

Au moment où j'ai accepté le cadeau, j'ai senti un grand
sourire béat se dessiner sur mon visage et j'ai rougi
comme une tomate.

Mais, au fond de moi, j'étais totalement bouleversée.

Comment dire à Brandon que j'abandonnais le spectacle
alors que Betty venait juste de m'envoyer ce qui ressemblait
à un cadeau de remerciement?

Dans le sac se trouvait une petite boîte entourée de papier cadeau à motifs de chiots portant des nœuds rouges, exactement comme ceux que nous avions photographiés à l'Hôtel des animaux.

Puis, en regardant de plus près, je me suis aperçue que c'étaient bien NOS photos. Brandon les avait imprimées pour en faire du papier cadeau.

« Waouh ! C'est TROOOP mignon ! »

J'ai retiré le papier et j'ai découvert un DVD de *La Belle et le Clochard*.

« OMG ! Brandon ! C'était mon film préféré quand j'étais petite ! C'est PARFAIT ! »

Brandon a souri. « J'espérais que ça te plairait ! »

« Oui, j'adore ! Et Brianna va adorer aussi ! »

Brandon a croisé les bras, s'est penché au-dessus du comptoir et m'a regardée : « Alors... qu'est-ce que tu voulais me dire ? »

GÉNIAL ! À cet instant, je me suis sentie vraiment débile !

« Eh bien, euh... je... »

Qui laisserait tomber une pauvre femme qui se bat
pour élever son petit-fils orphelin, soigne un mari malade
et dix-huit animaux abandonnés et qui, EN PLUS, vient juste
de vous faire un super-CADEAU pour vous remercier ?

UN MONSTRE SANS CŒUR !

« En fait, c'est au sujet de MacKenzie. »

J'ai hésité, fixant le sol d'un air nerveux.

« Elle patine très bien, et j'ai pensé qu'elle... »

« Écoute, Nikki, ne t'en fais pas pour MacKenzie !
Elle est allée voir Betty pour essayer de la faire changer d'avis,
mais Betty veut continuer avec toi, Chloë et Zoey. Et puis,
en cours de bio, j'ai entendu MacKenzie dire à Jessica
qu'elle allait patiner pour soutenir une école de mode
ou un truc comme ça. »

J'étais stupéfaite d'apprendre que MacKenzie avait finalement trouvé un sponsor.

« Une école de mode ? Tu plaisantes ? Ne me dis pas... »

J'ai posé la main sur ma hanche pour mieux imiter MacKenzie.

« Hé, ma belle ! Tu sais, je vais patiner pour l'institut de mode et de cosmétologie de Westchester qui, soit dit en passant, est tenu par ma tante Clarissa ! »

Brandon a eu l'air amusé. « Oui, en effet, je crois que c'est EXACTEMENT ce qu'elle a dit. C'est sa tante... Clarissa qui tient cet institut ? »

« Oui. J'imagine qu'elle a convaincu sa tante de créer une nouvelle œuvre de charité pour embellir la ville. Elle descend dans la rue pour distribuer des fringues de luxe aux plus mal sapés ! »

Cette fille est d'une VANITÉ...

Grâce à sa tante Clarissa, MacKenzie ne patinerait pas pour l'Hôtel des animaux. Ce qui signifiait qu'il fallait que MOI, je bouge mes FESSES pleines de bleus !

Il fallait actionner le plan B. Seul problème : je n'en avais pas.

Brandon a croisé les bras et a demandé une nouvelle fois : « Alors, qu'est-ce que tu veux que je dise à Betty ? »

« Euh... dis-lui juste que J'ADORE ce DVD. Et que je la remercie ! »

OMG ! Tu parles d'une crise de SGH !

Mes genoux étaient en coton et je n'étais même pas sur la glace.

Brandon a regardé sa montre. « Oh... Il faut que je retourne en cours. Je... je suis censé être aux toilettes ! »

Quand il m'a fait un autre de ses sourires super craquants, j'ai essayé de ne pas tomber dans les pommes. De toutes mes forces.

Une fois Brandon parti, je me suis laissée tomber sur ma chaise.

C'était la GALÈRE !

LA GROSSE GALÈRE !

Mais quand j'ai pris mon DVD de *La Belle et le Clochard*, j'ai commencé à me sentir mieux, je sais pas trop pourquoi.

Sans doute parce que ma scène préférée figurait sur la jaquette. Tu sais, LA scène.

Le fameux bisou-spaghetti !

À ce moment-là, je me suis demandé si Brandon aimait les spaghettis.

Et si, pour notre premier rendez-vous, on allait dans un petit restaurant italien à l'ancienne pour partager un plat de spaghettis ? On pourrait...

OUIIIIIIIII! 🙂 Tu sais, ça pourrait

VRAIMENT arriver! Hum... Je me demande combien peut

coûter un cours particulier de patinage artistique.

MOI, GRACIEUSE PRINCESSE DES GLACES,
AVEC MON COACH!

VENDREDI 20 DÉCEMBRE

Aujourd'hui, c'est le dernier jour de cours! Ce qui signifie que je suis officiellement en vacances d'hiver! WOO-HOO! ☺

Les vacances de Noël sont mes vacances préférées! POURQUOI?

Parce que je reçois plein de cadeaux et que je ne vais plus au collège pendant loooongtemps! C'est comme enchaîner une fête d'anniversaire avec de petites vacances d'été.

C'est pas cool, ça?

Le seul point négatif, c'est que dès qu'on est au collège, la plupart des parents commencent à baisser leur degré d'exigence, en matière de cadeaux.

Tous les ans, je reçois les mêmes trucs ringards :
des pyjamas, des chaussettes, des friandises
ou une brosse à dents électrique sans batterie...

Je suis trop DÉGOÛTÉE! Avec la collection de cadeaux
à 2 balles que j'ai, je pourrais presque ouvrir mon propre
magasin TOUT À 1 DOLLAR.

Mais CETTE année, les choses vont changer ! Eh oui,
j'ai peut-être un peu abusé en affichant « par hasard »
des listes de Noël un peu partout dans la maison
pour que Maman les trouve...

Je suis sûre que ma liste de Noël est plus marrante
à lire que les vieux magazines poussiéreux que mon père
stocke dans les toilettes.

Alors quand Maman a annoncé qu'elle avait non seulement UN,
mais DEUX cadeaux pour Brianna et moi – à ouvrir
avant Noël –, j'ai été agréablement surprise.

Si j'avais su que ma stratégie marketing un peu agressive
fonctionnerait aussi bien, je l'aurais employée il y a des années.

Le plus gros paquet était si gros que je me suis dit
qu'il contenait sans doute un nouvel ordi portable,
un nouveau téléphone portable, du matériel de dessin
et de l'argent liquide – le tout pour moi !

« J'espère que c'est un gâteau au chocolat ! s'est écriée
Brianna, tout excitée. Je veux un gâteau au chocolat princesse
Dragée pour mon anniversaire ! »

Nous avons toutes les deux déchiré le papier en même temps,
et j'ai failli M'ÉVANOUIR en découvrant le contenu
du paquet-cadeau...

MAIS... MAMAN ? QU'EST-CE QUE C'EST QUE... ?!!
UNE ROBE DE FÉE DRAGÉE ?!

Apparemment, Maman avait payé notre voisine,
Mme Wallabanger, pour qu'elle nous fasse deux robes
à fanfreluches Fée Dragée identiques.

Tout à coup, j'ai vu les yeux de Maman se remplir de larmes.
« Vous savez quoi, les filles ? Demain, vous pourrez porter ces
magnifiques robes à l'occasion d'un événement très spécial ! »

J'ai fait : « Maman, c'est une BLAGUE ou quoi ?!! », mais
uniquement dans ma tête, et personne d'autre ne l'a entendu.

Restait à espérer que cet « événement » aurait lieu
dans une déchetterie, un vieux parking désaffecté, un champ
à vaches ou une station d'épuration. Bref : dans un endroit
où seul un nombre limité d'êtres vivants pourraient me voir
dans cet accoutrement !

Maman a ri et nous a suppliées d'ouvrir le second cadeau.
À en juger par sa très petite taille, j'espérais qu'il s'agissait
d'une boîte d'allumettes.
Comme ça, j'aurais pu brûler ma nouvelle robe
dans la cheminée. Mais hélas... ☹

« SURPRISE !! Pour notre activité familiale, nous allons aller voir *Casse-Noisette* ! » s'est écriée Maman.

J'étais TELLEMENT DÉÇUE que j'en aurais crié.

« AAAAAAHHHHHHH ! »

POURQUOI ma mère m'offrait-elle une robe AFFREUSE et un billet pour voir un BALLET super NUL, alors que ça fait genre une éternité que je la supplie de m'acheter un portable ?

N'a-t-elle même pas PRIS LA PEINE de lire l'un des vingt-sept exemplaires de la liste de Noël que j'ai discrètement laissés traîner un peu partout dans la maison ?

Si je vais voir un spectacle, il faut qu'il y ait des super-choristes, des danseurs de folie, des effets spéciaux, des solos de guitare qui déchirent et des slammeurs.

Ce ballet est la dernière chose dont je rêvais pour Noël !

Si Maman avait vraiment voulu me torturer, elle aurait pu se contenter de me faire garder Brianna avec la musique disco de Papa à fond.

Enfin, c'est juste une idée...

☹

SAMEDI 21 DÉCEMBRE

Incrédule, je me suis regardée dans le miroir.

Comment était-ce possible ?

Je DÉTESTAIS cette horrible robe encore PLUS qu'hier.

J'ai décidé qu'il était temps de passer à l'action.
J'allais poursuivre mes parents en justice.

Pour CRUAUTÉ envers les ENFANTS !

« Les filles ! C'est l'heure ! a lancé Maman d'une voix joyeuse.
J'ai hâte de vous voir dans vos jolies robes ! »

J'ai arrangé le gros nœud dans mes cheveux. Il avait la taille
d'une petite mouette.

Je ressemblais à une de ces poupées victoriennes en porcelaine
super flippantes qu'on trouve chez les antiquaires.

MOI, EN POUPÉE VICTORIENNE SUPER FLIPPANTE

Pour tout arranger,
mes escarpins neufs
me faisaient mal aux pieds.
J'aurais donné n'importe
quoi pour enfiler
mes vieilles baskets.

Ce serait déjà bien assez
pénible comme ça de
supporter 2 heures
d'ennui profond...

Alors autant se sentir
bien dans ses pompes !

Brianna, Maman
et moi portions des robes
rouges et des nœuds assortis,
tandis que Papa était en costume noir
avec un gros nœud papillon rouge à pois blancs.

En nous voyant tous les quatre dans le miroir du salon, j'ai failli craquer.

On aurait dit une famille de... gens du cirque, qui se rendait à l'enterrement d'un clown ou un truc du genre !

Il ne nous manquait plus que...

1. Des balles en caoutchouc pour Papa.
2. Une de ces fleurs en plastique qui crachent de l'eau pour Maman.
3. Un gros Klaxon qui fait pouet pour Brianna ET...
4. Une petite voiture de clown pour moi, qui m'aurait permis de fuir cette famille de dingues.

CLOWNS 'R' US!

J'ai remarqué que la robe de Brianna ne lui allait pas très bien.

Et pour cause : elle l'avait mise devant derrière...

« Brianna, je pense que je n'aurais pas dû te laisser t'habiller seule, viens voir... », a dit Maman en s'agenouillant près d'elle pour ajuster sa robe.

« Non ! Je sais m'habiller toute seule ! a protesté Brianna. Je suis une grande fille ! C'est bientôt mon anniversaire et j'ai demandé un gâteau au chocolat princesse Dragée. »

Maman s'est contentée de l'ignorer. « Voilà. Maintenant, tu es aussi jolie que la fée Dragée. Tu la verras ce soir, au ballet. »

Les yeux de Brianna se sont illuminés : « Ah oui ? C'est la sœur de la princesse Dragée ? »

Papa et Maman ont échangé un clin d'œil.

« C'est tout à fait possible, a répondu Maman. Nous allons la voir danser ce soir avec ses amies ballerines, dans leurs jolis costumes. On va bien s'amuser, tu verras. »

« Nikki, raconte-moi l'histoire de la sœur de la princesse Dragée ? S'il te plaît ! » a supplié Brianna.

J'ai levé les yeux au ciel. C'était une histoire compliquée. Et Brianna avait la capacité de concentration d'un beignet.

« Bon. Clara, la sœur de la princesse Dragée, a un jouet en bois. Quand son frère le casse, il prend vie et, très vite, la maison est envahie de rats dansants qui visitent un pays plein de bonbons et de friandises. Peu à peu, le méchant roi des rats commence à prendre possession de leur monde... », ai-je marmonné.

«Des BONBONS et des FRIANDISES? s'est écriée Brianna d'une voix perçante, ignorant tout ce que je venais de lui raconter sur les coups du sort et les rongeurs dansants. Tu crois qu'il y a aussi du gâteau au chocolat?»

«Oui, il y a toutes les friandises que tu peux imaginer, a ajouté Maman d'un air songeur. Les fleurs, les arbres et les châteaux sont en sucre. C'est merveilleux, n'est-ce pas?»

Nous nous sommes tous installés dans la voiture et, une demi-heure plus tard, nous arrivions devant un immense théâtre, très chic. Tout le monde était en tenue de soirée.

Maman nous avait réservé des fauteuils au premier balcon, pour que nous puissions bien voir la scène. Mais devine qui était coincée à côté de Brianna?

MOI!!

Je pense que Papa et Maman l'avaient fait exprès, parce que, pendant que l'orchestre s'échauffait, ils se sont levés pour aller discuter avec des amis.

Ils me prenaient pour qui? Mary Poppins? Nanny McPhee?!

Tout à coup, alors qu'on attendait que le spectacle commence, Brianna s'est mise à balancer ses jambes et à taper dans le fauteuil devant elle, tout en chantant une chanson super énervante qu'elle venait d'inventer :

« Bonbons, dragées et langues de chat
Monsieur le Rat, n'les grignote pas
Sinon t'auras affaire à moi
Une chauve-souris te frappera »

Un homme en smoking d'un certain âge s'est retourné et nous a lancé à toutes les deux un regard mauvais.

N'importe quoi ! Ce n'était pas moi qui chantais en tapant dans son fauteuil.

« Brianna, arrête de donner des coups de pied dans le dos de ce monsieur. Reste un peu tranquille, s'il te plaît ! »

« Salut, monsieur Crâne-d'œuf ! Comment ça se fait que ta tête brille comme ça ? Tu sais, moi, je porte une nouvelle robe, et pour mon anniversaire, j'aurai un gâteau au cho... »

J'ai lâché : « Brianna ! Tais-toi ! »

Enfin, Papa et Maman ont regagné leurs fauteuils
et les lumières se sont éteintes.

Mais Brianna s'ennuyait déjà ferme.

Quand l'orchestre a commencé à jouer, elle a dû décider
que la musique était parfaite pour accompagner
sa petite chanson car elle a commencé à chanter à tue-tête :

> « Bonbons, dragées et langues de chat
> Monsieur le Rat, n'les grignote pas... »

« Chuuuuut ! » Une bonne douzaine de spectateurs ont protesté
en fronçant les sourcils dans notre direction.

Je me suis enfoncée dans mon fauteuil et j'ai fait celle
qui ne la connaissait pas.

C'est alors que Maman nous a jeté à TOUTES les deux
un regard meurtrier.

Ce qui n'avait absolument aucun sens.

Ce n'était pas moi qui chantais très fort et très faux une chanson qui parlait d'un RAT!

Pendant tout le premier acte, Brianna n'a pas arrêté de gigoter et de donner des coups de pied dans le fauteuil devant elle.

Mais, au moins, elle se taisait.

Dieu merci!

Jusqu'à ce que le roi des rats et son armée apparaissent.

À cet instant, Brianna a grimpé sur son fauteuil et a crié en désignant la scène :

« C'est complètement OUF! Ces rats dansants sont ÉNORMES! Ma sœur, elle avait un costume de Halloween exactement comme ça! C'est vrai, hein, Nikki? Sauf que le tien puait vraiment très fort! »

Tout le monde nous a lancé des regards mauvais.

OMG! J'étais SUPER gênée.

J'aurais voulu MOURIR!

Je n'appréciais pas du tout d'entendre Brianna raconter
des choses aussi personnelles à mon sujet.

Après tout, je ne connaissais pas ces gens.

Ils étaient de parfaits... inconnus.

En tout cas, je pense que Brianna a troublé la concentration
du roi des rats, car celui-ci a manqué quelques pas de danse.

Mais ce n'était pas fini : «Alors, elle est où, la sœur
de la princesse Dragée?» a lancé Brianna.

«Brianna, chuuuut!» a murmuré Maman.

«Nikki, essaye de faire taire ta sœur, d'accord?»
m'a soufflé Papa.

« C'est ce que je fais ! Mais elle ne m'écoute pas ! »
ai-je protesté, d'une voix assez forte.

Oups. J'ai oublié d'utiliser ma voix intérieure.

« CHUUUUUUUUT », ont sifflé au moins une douzaine
de personnes.

Les rideaux se sont enfin baissés et les lumières rallumées
pour l'entracte.

OMG ! J'avais l'impression que tout le public nous lançait
des regards assassins.

Le chauve en smoking s'est tourné vers sa femme et a déclaré,
assez fort pour que tout le monde l'entende : « Voilà pourquoi
il ne faut pas amener les enfants à l'opéra ! »

Une nouvelle fois, Brianna lui a tapé sur l'épaule.

« Hé, monsieur Crâne-d'œuf ! Tu as vu ces énormes rats
sur scène ! Ils font peur, tu trouves pas ? »

C'en était trop pour l'homme au smoking.

Il est devenu rouge comme une tomate, s'est levé
et s'est précipité vers une ouvreuse pour lui demander
de lui trouver une autre place.

J'aurais voulu attraper le pan de sa veste, me jeter
à genoux et le supplier : « Je vous en prie, monsieur,
emmenez-moi avec vous ! S'il vous plaît... »

Il fallait que je m'éloigne de Brianna avant de péter
complètement les plombs.

J'ai dit à mes parents : « Je reviens tout de suite !
Je vais chercher de l'eau. » Avec un peu de chance,
je trouverai quelqu'un pour me ramener.

« Nikki, attends ! Je veux venir avec toi ! » a gémi Brianna.

« Je reviens tout de suite. »

« Mais j'ai envie d'aller aux toilettes ! »

« Nikki, tu peux accompagner ta sœur aux toilettes,
s'il te plaît ? » a demandé Maman.

QUELLE GALÈRE !!

J'aurais voulu dire non, mais si Brianna avait eu un petit
« accident », je sais que Maman m'aurait tenue
pour responsable.

Et j'étais certaine qu'au bar, on ne vendait pas de couche
à sa taille.

Alors j'ai marmonné : « Allez, viens, Brianna ! »
« Merci, ma chérie ! a dit Maman avec un sourire.
C'est gentil de ta part. »

Une fois aux toilettes, j'ai fait de mon mieux pour être
patiente avec Brianna.

« Et maintenant, dépêche-toi, d'accord ? Le spectacle va
bientôt reprendre, et nous devons avoir regagné nos fauteuils
avant que les lumières s'éteignent. »

« Ne me presse pas ! » a répliqué Brianna en me tirant la langue.

Au moment où elle avançait vers les toilettes, ses yeux
se sont illuminés...

EH! REGARDE TOUT CE PAPIER TOILETTE!

Elle était ravie : « Génial ! Je vais me bander le bras et faire semblant de me l'être cassé ! »

« Quelle bonne idée ! » ai-je soupiré.

Ça allait prendre DES HEURES !

J'ai attendu 3 longues minutes.

« Brianna, tu as fini ? »

« Presque. Maintenant, je vais me bander la tête. »

« Quoi ? Brianna, on y va, maintenant ! Allez, dépêche-toi ! »

« Mais j'ai pas fait pipi ! »

« Très bien ! Je t'attends dehors, sur le banc. Dès que tu as fini, lave-toi les mains et rejoins-moi, d'accord ? »

« D'accord. Dis donc, Nikki, t'aurais pas de la colle, par hasard ? »

Je me suis fait une promesse : « Si, à l'avenir,
Maman te demande d'accompagner Brianna aux toilettes,
pars en courant ! »

J'étais assise sur le banc depuis 1 minute à peine
quand j'ai remarqué, de l'autre côté du hall, une longue file
de spectateurs. Ils faisaient la queue devant le bar,
où trônaient d'énormes cupcakes, bien rangés derrière
la jolie vitrine.

J'imagine que l'obsession de Brianna pour les gâteaux
au chocolat avait dû agir sur mon subconscient.

Parce que, soudain, j'avais l'impression d'entendre
le cupcake double chocolat crier mon nom.

Très vite, la file s'est réduite à deux personnes,
et Brianna n'était toujours nulle part en vue.

C'est alors que j'ai décidé de faire une opération-éclair
pour aller m'acheter un cupcake.

Ce n'était pas ma faute si le fait d'accompagner
Brianna aux toilettes m'avait ouvert l'appétit !

Ils étaient *beaucoup* trop chers : 7 dollars pièce!

Mais c'étaient les cupcakes les plus gros, les plus moelleux, les plus appétissants et les plus chocolatés que j'aie jamais vus de toute ma vie.

Le vendeur m'en a emballé un dans une jolie boîte blanche que j'ai mise dans mon sac.

Bien sûr, en bonne grande sœur bien responsable que j'étais, je n'ai pas quitté des yeux la porte des toilettes plus d'1 ou 2 secondes (ou minutes).

J'ai commencé à m'inquiéter un peu quand j'ai vu clignoter les lumières de la salle, ce qui signifiait que l'entracte était presque terminé.

Et j'attendais TOUJOURS que Brianna sorte des toilettes.

Alors imagine ma surprise quand je me suis retournée et que j'ai vu, près de la fontaine d'eau potable, de l'autre côté du hall, une princesse Dragée en robe rouge à fanfreluches!

Je me suis précipitée vers elle.

« Te voilà, Brianna ! Ça fait des heures que je t'attends !
Il faut retourner à nos places tout de suite. Viens. »

J'ai pris sa main et l'ai entraînée en direction de la salle.

C'est alors qu'elle m'a regardée d'un air HORRIFIÉ.

Mon cerveau tentait d'enregistrer ces nouvelles infos :
Brianna avec les cheveux roux frisés, des taches de rousseur
et des lunettes.

« Mais... tu n'es pas Brianna ! »

La petite fille s'est mise à hurler : « Maman ! Au secours !
Une inconnue ! »

MOI, AVEC UNE PETITE FILLE
QUI VISIBLEMENT N'EST PAS BRIANNA

PAS BRIANNA

Stupéfaite, j'ai lâché sa main et reculé d'un pas.

« Désolée, je t'ai confondue avec quelqu'un d'autre.
Excuse-moi ! »

J'ai couru vers les toilettes pour essayer de trouver
ma petite sœur.

J'ai ouvert toutes les portes l'une après l'autre : « Brianna ?
Tu es là ? Brianna ! » Mais Brianna n'était pas là.

Mon cœur a commencé à s'emballer. Mes mains étaient
moites. Je me suis ruée dans le hall et j'ai cherché partout.
Toujours pas de Brianna.

C'est alors que j'ai commencé à paniquer. OMG !
Et si elle était perdue pour toujours ? Cette pensée
terrifiante m'a submergée.

Je ne pouvais pas m'imaginer la vie sans ma petite sœur,
même si elle était une tornade de force 5 avec des couettes.

J'étais si bouleversée que même miss Plumette me manquait.

Je me suis juré que si je retrouvais Brianna, j'achèterais
un nouveau stylo violet et ferais moi-même un nouveau look
super glamour à miss Plumette.

LE NOUVEAU VISAGE DE MISS PLUMETTE

Mais dans l'immédiat, il fallait que je retourne dans la salle pour dire à Papa et Maman que j'avais perdu Brianna. ~~J'espérais~~ Je priais pour que Brianna soit retournée toute seule à sa place.

Si seulement elle était là, saine et sauve, en train de torturer ses voisins et de donner des coups de pied dans leurs fauteuils tout en chantant sa petite chanson super énervante et en cassant les oreilles de M. Crâne-d'œuf.

Le spectacle avait repris quand j'ai regagné ma place, et j'ai dû déranger au moins une douzaine de personnes pour aller m'asseoir.

« Excusez-moi... Ah, c'était votre pied ? Désolée ! Oups ! »

Quand je me suis assise, mes yeux avaient fini par s'habituer
à l'obscurité et je m'attendais d'un instant à l'autre
à voir Brianna apparaître dans mon champ de vision.

« Tu en as mis du temps ! m'a soufflé Maman, un peu trop
fort. On commençait à s'inquiéter. Et... où est Brianna ? »

J'ai ouvert la bouche pour parler mais d'abord aucun son n'en
est sorti.

« Elle n'est pas là ? Je croyais qu'elle était revenue toute
seule. »

L'expression de Maman est passée de la surprise
à l'inquiétude.

« QUOI ? » a-t-elle lancé, plus fort encore.

Bien sûr, les gens autour lui ont lancé des regards agacés.

« Je... je l'ai attendue dans les toilettes et...
et elle a disparu ! »

« Tu as regardé partout ? »

« Oui, 3 fois. »

« Chérie... » Papa a touché le bras de Maman d'un air nerveux.
Ses yeux étaient fixés sur la scène.

« Et le bar ? Elle a peut-être vu des bonbons ? »

« Maman, j'ai cherché partout ! »

« Pas de panique. Elle est peut-être en train de jouer
dans les ascenseurs. Retournons dans le hall et... »

Une nouvelle fois, Papa a interrompu Maman :
« Chérie, s'il te plaît, regarde ! »

« Tu ne crois pas que j'ai mieux à faire que... »

À cet instant, Maman et moi nous sommes tournées
vers la scène et, en chœur, nous nous sommes écriées :

Clara et le prince arrivaient au royaume des Délices
à bord d'un bateau extravagant.

À l'arrière de ce bateau se trouvait un passager clandestin,
superbement drapé dans ce qui ressemblait à un rouleau
entier de papier toilette.

Maman a crié : « Brianna ! »

Mais Brianna ne l'entendait pas – ou alors, elle l'ignorait.

Brianna paraissait hypnotisée par les arbres en sucre
d'orge, les buissons de guimauve et le palais enchanté
de Confiturembourg installés sur la scène.

Mais le plus flippant, c'est qu'elle avait un sourire
jusqu'aux oreilles, ce sourire qui n'annonçait rien de bon.

Troublé, le public a tout de suite remarqué Brianna enroulée
dans le papier toilette.

La plupart des spectateurs se murmuraient des choses à l'oreille.

Personne ne se souvenait d'une minuscule momie
dans *Casse-Noisette*.

Clara et le prince, encore tout sourire, ont commencé
à regarder le public d'un air perplexe.

Mais quand ils ont fini par se retourner et par découvrir
Brianna, qui, ravie, saluait le public, ils ont pété les plombs...

Affolée, Clara a murmuré quelque chose à l'oreille du prince.

Celui-ci s'est approché de Brianna, l'a attrapée et a tenté
de lui faire quitter la scène. Mais comme Brianna s'accrochait
au bateau de toutes ses forces, il a laissé tomber.

Quand les danseurs sont entrés en scène, eux non plus n'ont
pas remarqué Brianna tout de suite.

Certains étaient déguisés en gâteaux, d'autres en bonbons.
Ensuite sont arrivés les pâtissiers danseurs, avec des plateaux
de tartes, de cupcakes et toutes sortes de pâtisseries.

« C'est ça que j'attendais ! » s'est exclamée Brianna.

Elle s'est précipitée vers les danseurs comme
un taureau enragé.

Maman, Papa et moi, on a couru vers la scène le plus vite
possible.

Mais c'était tellement irréel que j'avais l'impression
que nous nous déplacions au ralenti.

« BRIANNA ! a crié Maman, NOOOOOOOOOONNN ! »

Mais nous n'avions aucune chance de l'arrêter avant qu'elle se jette sur la nourriture.

Elle a commencé par attraper un danseur par la cheville pour mordre dans sa botte en chocolat.

Elle a fait la grimace : « Beurk ! c'est pas du chocolat ! »

Le danseur a secoué la jambe pour l'éloigner.

Ensuite, Brianna s'est jetée sur une ballerine en bonbons pour lui arracher son tutu.
La ballerine a stoppé net avant de battre en retraite.

Mais un morceau de son tutu est resté dans les mains de Brianna, qui l'a fourré dans sa bouche – et aussitôt recraché : « Bah !! C'est pas de la barbapapa ! »

Presque tous les personnages s'étaient arrêtés de danser et quittaient un à un la scène pour éviter d'être dévorés vivants.
Il ne resta bientôt plus qu'un seul danseur : un pâtissier, qui portait un énorme gâteau au chocolat.

Concentré sur ses grands pliés, il n'avait pas remarqué Brianna.

« Cours ! Vite ! » scandait le public, effrayé.

Je n'en revenais pas !

Je pensais que les spectateurs quitteraient la salle, siffleraient
ou, au moins, lanceraient des tomates pourries.

Mais ils restaient les fesses collées à leurs fauteuils
et les yeux rivés à la scène, comme s'ils étaient en train
de regarder la finale de la Coupe du monde de foot
et que le score était super serré.

Brianna, fascinée, ne quittait pas des yeux l'énorme gâteau.

Quand le pâtissier a fini par remarquer sa présence,
il s'est arrêté net de danser. On aurait dit qu'il allait mouiller
son pantalon !

Brianna a traversé la scène comme un joueur de foot
qui s'apprête à tacler un adversaire.

Le pâtissier a poussé un cri, avant de jeter le gâteau
au chocolat en l'air et de plonger dans la fosse d'orchestre.

On a entendu un grand bruit, suivi d'une fausse note au tuba.

Au moins, tout le monde a compris sur quel musicien
le pâtissier était tombé.

D'un air triomphal, Brianna s'est emparée du gâteau.
Elle mordait dedans à belles dents quand nous avons atteint
le pied de la scène.

« Brianna ! Descends d'ici tout de suite ! » a ordonné Maman.

Brianna a levé les yeux.

Son visage était barbouillé de glaçage au chocolat,
et elle en avait tellement mis dans la bouche qu'on aurait dit
un poisson-globe.

Après avoir mastiqué pendant quelques secondes,
elle a froncé les sourcils.

Déçue et perplexe à la fois, Brianna a protesté en montrant
du doigt le gâteau : « F'est fa du gâteau au socolat ! »

J'avais du mal à comprendre ce qu'elle disait, mais j'ai aperçu du polystyrène à l'endroit où elle avait pris une grosse bouchée de gâteau.

« Il n'y a rien de bon à manger ici ! Tout est faux ! ai-je expliqué. Comment as-tu pu faire une chose pareille ! »

« F'est une blague ? a-t-elle lancé. Fé pas drôle ! »

« Brianna Lynn Maxwell ! a crié Maman en lui lançant son regard qui tue. Si je monte... »

Aïe... Ça risquait de chauffer.

« Oui, Mamanff », a fini par dire Brianna, vaincue.

Elle a craché son faux gâteau et a sauté dans les bras de Maman.

C'est alors qu'une chose incroyable s'est produite.

Les danseurs, l'orchestre ET le public se sont levés pour applaudir Maman qui, à elle seule, avait réussi à mettre fin au massacre de *Casse-Noisette*.

Et tu sais quoi encore ?

Après avoir ruiné la représentation, Brianna a eu le culot de saluer le public et de lui envoyer des baisers, comme si elle venait de remporter un concours de Petites Miss ou un truc du genre.

Quand on a annoncé un entracte de 10 minutes afin que les danseurs puissent se préparer à rejouer l'acte 2, je me suis sentie très soulagée.

Ensuite, les lumières se sont rallumées.

Nous avons quitté la salle sous les applaudissements de tout le public – y compris M. Crâne-d'œuf.

J'avais du mal à croire que tous ces gens coincés avaient adoré *Casse-Noisette* version grosse farce.

Nous sommes montés dans la voiture et n'avons pas prononcé un mot durant le trajet de retour.

Surtout parce que personne n'avait le courage de faire la leçon à Brianna.

Si elle avait été MON enfant, je l'aurais laissée au premier hôpital croisé pour la faire examiner par un psychiatre.

Ou, mieux encore, au zoo municipal.

Mais elle N'ÉTAIT PAS mon enfant. Dieu merci !

Même si j'aurais aimé en vouloir à Brianna, au fond de moi j'étais heureuse et soulagée de savoir qu'elle allait bien.

J'étais contente aussi de rentrer à la maison. Mes pauvres parents étaient tellement épuisés qu'ils sont allés directement se coucher.

En grande sœur responsable que je suis, je leur ai promis de vérifier que Brianna mettait bien son pyjama et de la border.

J'ai été étonnée de ne pas l'entendre râler et pleurnicher comme elle le fait toujours au moment d'aller au lit.

Elle s'est contentée de monter l'escalier tête basse et d'enfiler son pyjama Bob l'Éponge.

J'avais un peu pitié d'elle car, si on y réfléchissait bien, tout ça c'était un peu notre faute. On en avait trop dit sur les friandises dans *Casse-Noisette*.

Brianna n'était qu'une petite fille. Comment aurait-elle pu savoir que le décor et le gâteau au chocolat étaient faux ?

Soudain, je me suis souvenue de MON cupcake au chocolat, et j'ai recommencé à saliver.

J'ai descendu les marches quatre à quatre pour me servir un grand verre de lait froid.

J'avais hâte de remonter dans ma chambre pour planter mes dents dans ce délicieux gâteau tout en rédigeant mon journal.

En passant devant la chambre de Brianna, j'ai compris qu'elle était encore très mal. Car même avec la porte fermée, je l'entendais renifler et se parler à elle-même.

Je me suis immobilisée en l'entendant fredonner ce qui ressemblait à la chanson la plus triste du monde.

« Ni biscuits, ni bonbons

Le palais était en carton

Le gâteau en plastique

Et moi, je suis une bourrique ! »

Sans faire de bruit, j'ai déposé mon cupcake et mon verre de lait dans le couloir, devant sa porte...

Puis j'ai frappé.

Au moment où Brianna a ouvert, j'avais déjà disparu
dans ma chambre et m'étais allongée sur mon lit.

Je l'ai entendue pousser un cri de joie.

«DU GÂTEAU AU CHOCOLAT?! Merci, fée Dragée!
Tu as réalisé mon vœu!»

«Je t'en prie», ai-je répondu pour moi-même, avec un sourire.

Jamais je n'aurais cru que tout ça finirait aussi bien.

Finalement, il n'y aura pas la photo de Brianna affichée à tous
les péages d'autoroute avec la légende : ENFANT PERDU.

Le public a eu l'air d'apprécier ses singeries dans ce mélange
délirant de comédie, de ballet et de reality show.

Quant à Papa et Maman, ils étaient trop épuisés
pour me punir jusqu'à la fin de mes jours parce
que j'avais perdu Brianna.

Mais le plus important, c'est que j'ai découvert que donner
quelque chose auquel on tient à quelqu'un qu'on aime peut
procurer plus de bonheur que de le garder pour soi.

C'est un peu ça, l'esprit de Noël, non?

Aïe! On dirait un de ces dictons idiots que Maman écrit sur ses cartes de vœux.

Euh... Peut-être que ma famille n'est pas aussi nulle que ça, en fin de compte!

ON PEUT RÊVER! ☺

MOI, EN TRAIN DE FAIRE
UN GROS CÂLIN
À MA FAMILLE DE DINGUES.

DIMANCHE 22 DÉCEMBRE

Quand nous sommes rentrés de l'église, ce matin, il neigeait très fort. À midi, un tapis de 10 centimètres d'épaisseur recouvrait le sol.

C'était vraiment un temps à se pelotonner devant la cheminée, pour siroter du chocolat chaud avec des mini-chamallows dedans.

Mais NOOON ! Mes parents m'ont forcée à sortir alors que le blizzard menaçait, pour la raison la plus idiote qui soit.

Ils voulaient faire un bonhomme de neige pour Brianna !

Maman, tout excitée, a déclaré que ce serait une super « activité familiale ». Mais je savais déjà que ce serait une énorme catastrophe.

Faire un bonhomme de neige grandeur nature était l'idée de Papa. Il avait déjà bien avancé, et sa boule de neige grossissait de plus en plus.

Jusqu'à ce qu'il perde le contrôle en haut d'une colline!!

Eh bien, il y avait une bonne et une mauvaise nouvelle.

La BONNE nouvelle, c'est que Brianna a eu son bonhomme de neige grandeur nature, comme Papa l'avait promis.

La MAUVAISE nouvelle, c'est que c'est Papa LUI-MÊME qui a joué le rôle du bonhomme de neige.

Après avoir dévalé la colline, il a atterri la tête la première dans un énorme tas de neige. Puis sa grosse boule de neige a fini sa course sur ses jambes. BING!

OMG! Ça nous a pris une demi-heure, rien que pour le dégager.

Et, alors qu'on touchait au but, on a découvert qu'il avait de nouvelles engelures, qui s'étaient formées SUR les anciennes, qui dataient de cette histoire de souffleuse à neige.

Il me faisait vraiment pitié. Surtout que c'est en voulant faire plaisir à Brianna qu'il s'était fait écraser par cette énorme boule de neige.

Restait à espérer que Papa ne serait pas traumatisé,
et ne souffrirait pas de quelque mystérieuse maladie
comme la bonhomme-de-neigeophobie, par exemple.

En tout cas, c'est pas demain la veille qu'on refera
un bonhomme de neige.

Dieu merci !

Ce qui me laisse encore plus de temps pour me pelotonner
devant la cheminée, siroter du chocolat chaud avec
des mini-chamallows dedans et rédiger mon JOURNAL.

J'avais presque oublié ! Il me reste quelques cadeaux à acheter.

J'ai décidé d'offrir un cadeau de Noël à Brandon.
Il est SI mignon !

Il faut que je trouve quelque chose qui lui plaise vraiment.

Un bon pour un dîner romantique à deux chez Giovanni,
par exemple ?

YESSSSS !! ☺

Tous les ans, j'attends la dernière minute pour faire mes achats de Noël. Je sors en cachette, avec Brianna, et on roule à vélo sous la neige jusqu'au magasin le plus proche.

Comme je n'ai pas encore mon permis de conduire,
nous sommes obligées de faire nos achats à l'épicerie
du coin sous peine d'attraper une pneumonie.

C'est pourquoi Papa et Maman reçoivent toujours des cadeaux
nuls, comme un pack familial de brosses à dents de ma part
ou une boîte de vitamine C de la part de Brianna.

« LES FILLES ! IL NE FALLAIT PAS ! »

Mais cette année, je voulais acheter quelque chose de spécial, qui leur plaise vraiment.

En plus des brosses à dents et des vitamines.

J'étais super contente quand j'ai vu cet énorme présentoir plein d'albums de scrapbooking en promo!

UN ACHETÉ, QUATRE OFFERTS! Quelle chance j'avais de tomber sur une offre spéciale Noël comme ça!

Peut-être aussi que le magasin voulait refiler cette marchandise à des clients naïfs afin d'avoir moins de stock à jeter à la fin de l'année.

En tout cas, en voyant tous ces albums, j'ai senti ma créativité se réveiller.

J'ai décidé d'en acheter un pour l'offrir à Maman et à Papa. J'avais l'intention d'utiliser mes talents artistiques pour créer une nouvelle couverture, plus jolie que l'originale. Ce serait parfait pour ranger nos photos de famille.

Et comme j'avais quatre albums gratuits pour un acheté,
j'ai décidé d'en offrir un à Chloë, à Zoey, à Brianna
et à Brandon aussi.

C'était pas une bonne idée, ça ? ☺

Je ferais un album spécial Amitié à Chloë et à Zoey.

Pour Brianna, ce serait facile : elle adorait tout
ce qui ressemblait à la princesse Dragée.

Ensuite, j'ai commencé à penser à Brandon. Et s'il finissait
vraiment par déménager ?

Je voulais lui donner quelque chose qui lui rappelle notre amitié
et tous les bons moments que nous avons passés ensemble.

Comme le concours d'art, la soirée Halloween, et le concours
de talents. Et même la fois où j'ai cru avoir perdu
mon journal au collège !

Soudain, j'ai senti une grande tristesse m'envahir, ici même,
au rayon « Rhume, grippe et allergies » du magasin.

Je voulais vraiment aider Brandon en participant
à ce spectacle.

Mais j'avais aussi très peur – une peur que je ne parvenais
pas à vaincre.

Si seulement j'avais pu trouver quelqu'un pour patiner
à ma place !

J'ai poussé un gros soupir, puis j'ai essayé d'avaler la boule
qui s'était formée dans ma gorge.

Parfois, c'était comme si je portais tout le poids du monde
sur mes épaules.

J'étais à la caisse quand j'ai aperçu un visage familier
au rayon cosmétiques.

MACKENZIE !

Mon cœur a failli s'arrêter ! Et s'il y avait encore de l'espoir
pour Brandon, en fin de compte ? Si je mettais de côté
mon orgueil et ~~demandais~~ SUPPLIAIS simplement Mackenzie
de m'aider, elle accepterait peut-être de patiner à ma place.

J'ai lancé, super sympa : « OMG ! Salut, MacKenzie !
Je ne savais pas que tu faisais tes courses ici ! »

Elle m'a regardée et s'est écriée : « Nikki ! Qu'est-ce
que tu fais ici ? T'es pas en train de t'amuser avec tes potes
les nouilles ? »

Notre conversation se déroulait comme je l'avais craint,
mais c'était ma faute. J'aurais dû jouer sur son gigantesque
ego et employer la flatterie.

« J'adooooore ton gloss, ai-je susurré. La couleur renforce
l'éclat de tes yeux. »

« Dans ce cas, tu ferais bien d'essayer cette nouvelle nuance
de pêche. Ça irait bien avec ta moustache. »

Je n'en revenais pas : elle avait osé me dire ça en face !

J'ai marmonné : « Eh, j'ai vu des cochons porter du gloss :
ils étaient plus beaux que toi ! »

« Qu'est-ce que tu viens de dire ? » a-t-elle aboyé.

Nous nous sommes toisées. C'était trop BIZARRE!

Comme j'avais besoin de son aide, j'ai menti : « J'ai dit :
"ce gloss rose te va super bien." »

« Mmm, qu'est-ce que t'as à me demander, Nikki ? »

« Eh bien, c'est au sujet du Holiday on Ice Show. Je sais
que tu aurais voulu patiner pour l'Hôtel des animaux et...
j'ai réfléchi. »

« Ah bon, parce que maintenant, tu réfléchis ? Waouh !
Tu m'impressionnes. »

J'ai ignoré cette petite pique.

« MacKenzie, je peux te demander un grand service ? »

« Quoi ? De faire un don pour la fondation que tu vas créer
pour t'épiler la moustache ? »

J'ai ignoré AUSSI cette pique-là.

« Tu serais d'accord pour prendre ma place et patiner avec Zoey et
Chloë pendant le Holiday on Ice Show ? Nous avons vraiment besoin
de cet argent pour empêcher la fermeture de l'Hôtel des animaux. »

« Pourquoi tu me l'as pas demandé avant ? »

« Ça fait 1 semaine que je voulais t'en parler. Tu es une des meilleures patineuses du collège. Si je rate mon numéro, ce sera terminé pour Brandon – et ce sera ma faute ! »

MacKenzie a souri d'un air amusé : « OUI, t'as complètement raison. »

J'ai laissé éclater ma joie : « OMG ! ˝OUI˝, ça veut dire que tu acceptes de patiner à ma place ? »

Je n'en revenais pas : MacKenzie avait dit OUI ! C'était un miracle !

« NON ! J'ai dit ˝oui˝ parce que c'est vrai que ce sera terminé pour Brandon et que ce sera ta faute ! Désolée, Nikki, mais si tu étais en feu, je ne te cracherais même pas dessus ! »

« Et Brandon ? Fais-le au moins pour lui. Si quelque chose arrive à l'Hôtel des animaux, il sera complètement anéanti. »

« Je sais ! répondit-elle d'un air suffisant. Et j'y compte bien ! Car QUI sera là pour consoler Brandon quand il aura besoin d'une épaule pour pleurer la fermeture de ce ridicule petit foyer pour animaux ? MOI et personne d'autre ! Et le plus drôle, c'est qu'il te détestera pour l'avoir laissé tomber. C'est tout à fait ce que je souhaite ! »

MacKenzie s'est mise à ricaner comme une sorcière.

Je suis restée plantée là, sous le choc.

Je n'arrivais pas à croire qu'on pouvait se montrer aussi diabolique.

C'est clair : MacKenzie m'a piégée ! ENCORE ! J'en ai ras-le-bol de ses petites magouilles !

Mais je ne vais pas m'énerver !
Je vais me venger !

En croyant en moi et en patinant jusqu'à ce que je n'aie plus de jambes !

Et je serai FORTE ! Et DÉTERMINÉE ! Et, bien sûr, j'aurai un super-costume !

Je serai plus MORTELLE que TERMINATOR !

Je serai....

... PATINATOR

MOI →

Les albums que j'ai achetés sont super beaux, maintenant.

Et les pages que Brianna a décorées pour Papa et Maman sont... euh... intéressantes.

Je vais emballer chaque album et donner le leur à Chloë et Zoey le soir de Noël.

J'ai décidé de laisser celui de Brandon dans la boîte aux lettres de l'Hôtel des animaux, car il y est très souvent.

Je pense qu'il sera très surpris que j'aie fabriqué un cadeau spécialement pour lui.

Maintenant, il saura où ranger toutes ses photos.

J'espère que ça lui plaira !

MARDI 24 DÉCEMBRE

Ce soir, c'est le réveillon !

L'une des activités manuelles favorites de Maman, en hiver, c'est de tricoter des pulls assortis à toute la famille.

Cette année, nous avons eu droit à un affreux motif de bonhomme de neige avec un col orné de petites figurines en plastique.

Nos pulls sont bleus avec une manche rouge et l'autre verte, et un énorme bonhomme de neige en 3D sur le devant.

Il y a aussi notre nom écrit en lettres jaunes de 20 centimètres de haut dans le dos.

J'ai pensé à envoyer le mien au *Livre Guinness des records*, pour qu'il y figure au titre de « Pull le plus moche de l'histoire de l'humanité ».

Mais je ne voulais pas vraiment établir un record. Tout ce qui m'intéressait, c'était de me débarrasser de cet horrible truc avant qu'on m'oblige à le porter. Mais trop tard...

Papa a réglé son appareil photo, et nous nous sommes rassemblés devant le sapin de Noël.

Ensuite, il a activé le retardateur et a couru s'installer à côté de Maman.

« OK ! Tout le monde dit "CHEEEEEEESE". »

Avant que le flash se déclenche, Brianna a dû décider qu'elle voulait grignoter quelque chose car, soudain, elle s'est retournée et a tiré sur un sucre d'orge pendu à une branche du sapin.

OMG ! J'ai cru que tout allait nous tomber sur la figure !

C'était un moment très « famille Maxwell ».

J'ai ri tellement fort que j'en avais mal aux côtes.

J'avoue : cette photo de famille est devenue ma photo préférée.

Malheureusement, Maman a décidé qu'on était TELLEMENT adorables dans nos pulls bonhomme de neige qu'elle nous a demandé de les porter pour aller dîner chez ma tante Mabel, demain.

GÉNIAL! Vraiment top! ☹ En plus, ma tante Mabel n'est pas vraiment ma personne préférée, dans la famille.

Dîner chez elle, c'est un peu comme dîner chez CRUELLA!

Elle est du genre à insister pour que je m'assoie à la table des enfants. L'HORREUR!

Soudain, j'ai senti s'envoler toute la féerie de Noël.

Le fait de penser à la table des enfants m'angoissait tellement que j'ai cru que j'allais craquer pour de bon.

Pour survivre à cette soirée, il me faudrait – au moins – un miracle de Noël!

☹ !!

Aujourd'hui, c'est Noël !

Brianna nous a réveillés en tambourinant à notre porte avec des cris hystériques.

Comme tous les ans.

Et c'est toujours EXACTEMENT la même histoire.

« Debout, tout le monde ! Réveillez-vous !

Miss Plumette et moi, on a vu le père Noël

partir avec ses rennes. Ils ont décollé

du toit et sont passés au-dessus

de la maison de Mme Wallabanger !

Réveillez-vous ! C'est urgent ! »

Alors nous nous sommes tous précipités au rez-de-chaussée, en pyjama, pour voir ce que le père Noël nous avait apporté et ouvrir ensemble nos cadeaux.

Comme d'habitude, Brianna en a eu des tonnes...

Papa et Maman ont adoré l'album que j'ai décoré avec Brianna (et où figure la fameuse photo de nous quatre devant le sapin)...

PAPA ET MAMAN DÉCOUVRANT
AVEC PLAISIR LEUR ALBUM

Mais le plus beau cadeau, c'était...

MON TÉLÉPHONE PORTABLE!

Ensuite est venu le moment d'aller chez ma tante Mabel pour dîner. Papa dit que sa sœur aînée est juste vieux jeu et un peu sévère. Moi, je trouve que « sévère » est un mot gentil pour dire « méchante ».

Maman dit que tante Mabel est comme ça parce qu'elle pense que les enfants, ça ne devrait pas parler.

Personnellement, je crois plutôt que tante Mabel DÉTESTE
les enfants, parce qu'elle en a neuf.

OMG! Si j'avais neuf enfants, je ne voudrais ni les voir
ni les entendre! Enfin, je crois...

Mais tu sais quoi? J'ai 14 ans, et cette SORCIÈRE veut
me faire asseoir à la TABLE DES ENFANTS!

Les adultes étaient installés dans la salle à manger,
sur une table sculptée à la main, entourée de chaises de style
et garnie de porcelaine de Chine, de verres en cristal
et de couverts en argent.

La table des enfants était une table pliante bancale,
minuscule, recouverte d'un drap usé.

Nous avions des assiettes en carton, des fourchettes
en plastique et de minuscules gobelets en carton comme ceux
qu'on utilise pour se brosser les dents.

En plus, je portais mon pull bonhomme de neige, ce qui rendait
le fait d'être placée à la table des enfants 2 fois plus
humiliant!

Toute cette histoire m'a complètement traumatisée.

Dieu merci, la nourriture était délicieuse – sinon, la soirée aurait été totalement sans intérêt.

Ma tante Mabel est aussi aimable qu'un pitbull,
mais elle est excellente cuisinière.

En tout cas, j'étais super contente de rentrer à la maison.
J'allais enfin pouvoir jouer avec mon nouveau portable !

Je n'arrive pas à croire qu'il ait toutes ces super-fonctions :
accès Internet, super-clavier, messagerie, SMS, jeux,
appareil photo, logiciels d'aide aux devoirs, livraison de pizza
automatique et une hotline spéciale ados.

OMG ! Si les portables faisaient taxi, on n'aurait plus besoin
de parents !

Brianna était folle de joie, parce que j'avais le jeu
de la princesse Dragée et du bébé licorne sur mon portable.
Je l'ai laissée jouer 1 heure juste avant d'aller se coucher
et, maintenant, elle est complètement accro.

Mon nouveau portable va me permettre de faire plein d'économies.

Maintenant, à chaque fois que j'aurai besoin que Brianna
me rende un service, je la paierai en minutes de jeu
plutôt qu'en argent liquide.

J'ai mis longtemps à comprendre comment ça marchait,
mais j'ai réussi à prendre une photo de moi avec
mon téléphone et à l'envoyer à Chloë, Zoey et Brandon.

Ils vont être super trop surpris quand ils la recevront.

Dans l'ensemble, j'ai passé
un bon Noël.

Dehors, il avait neigé,
et le paysage hivernal
était féerique.

Papa a allumé un feu,
et nous avons fait
griller des chamallows
dans la cheminée.
Encore ! Sauf que
cette fois-ci,
Papa ne les a pas
fait brûler.

J'avoue... Une fois qu'on s'y est habitué, avoir une famille et passer du temps tous ensemble n'est pas désagréable.

Je me demande comment se passe le Noël de Brandon.

C'est vraiment merveilleux qu'il aide ses grands-parents à l'Hôtel des animaux. Quand je pense que je fais une crise quand je dois ranger ma chambre ou remplir le lave-vaisselle !

Je suis vraiment UNE ENFANT GÂTÉE ! Et je ne me rends pas compte de la chance que j'ai, comme par exemple celle d'avoir une famille.

Je me demande comment il fait : il a presque tout perdu, et malgré ça, il a encore tant à DONNER !

Ça, c'est un vrai MIRACLE de NOËL !

☺ !!

Aujourd'hui, nous avons eu notre première répétition avec Victoria Steel, la directrice du Holiday on Ice Show et médaillée olympique en patinage artistique.

Tous les participants au spectacle ont reçu une lettre de bienvenue avec la liste des règles à respecter :

RÈGLEMENT DU SPECTACLE
DE VICTORIA STEEL

1. PAS D'AUTOGRAPHES.

2. CHEWING-GUMS INTERDITS.

3. PAS DE TENUES DE PATINAGE DISGRACIEUSES.

4. PAS DE POILS SUR LES JAMBES.

Tous les patineurs doivent être rapides, courtois et bien préparés.
Les comportements antisportifs ne seront pas tolérés, et tout manquement au règlement entraînera l'exclusion de l'équipe du Holiday on Ice Show.

BONNE CHANCE !

Victoria Steel

Maintenant, il ne nous reste plus qu'à survivre à 3 jours de répétitions avec Victoria.

Ma plus grande crainte est qu'elle me vire du spectacle, comme elle l'a fait avec cette pauvre fille, l'an dernier. Chloë a beau dire qu'il ne s'agit que d'une rumeur, je ne veux pas prendre de risques. En fouillant dans le garage, j'ai déniché la tenue idéale pour la première répétition.

Quand Maman m'a déposée devant la patinoire, j'étais à cran.

J'étais obsédée par l'idée que Brandon devrait s'inscrire dans un nouveau collège, à la rentrée, où il n'aurait aucun ami.

Comme je ne voulais pas qu'on voie ma tenue, j'ai évité les vestiaires bondés et je me suis changée dans une petite cabine, loin de la piste.

J'ai souri en découvrant mon reflet dans le miroir. Je savais que j'avais l'air ridicule.

Mais si mon plan fonctionnait, je passerais au moins le cap de la première répétition.

Il y avait déjà beaucoup de patineurs sur la piste, dont Chloë et Zoey.

Elles étaient très gracieuses, toutes les deux, et j'étais super fière d'elles.

Victoria se tenait près de l'entrée principale, très entourée. Elle était très jolie et ressemblait étrangement à la fille sur la couverture de *La Princesse des glaces*.

Des fans la prenaient en photo avec leurs portables et faisaient la queue pour obtenir un autographe.

Et, comme une star, elle se déplaçait avec ses propres assistants et gardes du corps.

En passant devant moi à toute vitesse, elle a retiré ses lunettes de soleil et a laissé échapper un soupir agacé.

« Dépêchons-nous ! J'espère que ce groupe est meilleur que celui de l'an dernier ! Quelqu'un peut-il aller me chercher de l'eau ? Je meurs de soif ! »

Des membres de son staff sont partis dans toutes les directions, et 30 secondes plus tard, deux de ses assistants et deux gardes du corps lui tendaient des bouteilles d'eau.

« OMG ! a-t-elle croassé. Vous croyez que je vais boire dans une bouteille en plastique ?! »

Une chose était sûre : cette femme était une diva !

L'assistant metteur en scène a demandé à tous les patineurs de s'installer sur les deux premiers rangs.

Ensuite, il nous a présenté Victoria, et tout le monde a applaudi.

Malgré la petite crise qu'elle venait de piquer au sujet des bouteilles d'eau, elle a tout de suite plaqué un sourire sur son visage.

«Alors? Qui veut passer en premier? a-t-elle demandé en regardant les noms sur sa liste. Commençons par un groupe... Alors...»

Mon cœur a manqué un battement.

J'ai supplié dans ma tête : «Pourvu qu'elle ne nous appelle pas! Pourvu qu'elle ne nous appelle pas!»

«... Chloë, Zoey et Nikki. En position!»

Aussitôt, Chloë et Zoey se sont précipitées sur la piste.

«Où est la troisième fille?» a demandé Victoria, très agacée.

«Euh... Nikki est par là... quelque part! a répondu Zoey en jetant à Chloë un regard nerveux.

«Je suis là», ai-je répondu en m'avançant prudemment vers la piste.

Chloë et Zoey se sont tournées vers moi, puis se sont figées et ont poussé un cri...

C'est alors que j'ai compris que mon faux plâtre,

fait avec du papier toilette et du ruban adhésif blanc,

était plutôt bien fait. Pour faire encore plus vrai, j'avais

emprunté les béquilles de Papa, celles qu'on lui avait données

après notre séance de saut à l'élastique.

Je les ai rassurées : « Ne vous inquiétez pas, ce n'est pas aussi grave que ça en a l'air. »

« OMG ! C'est cassé ? » a demandé Chloë.

« Ma pauvre ! » s'est exclamée Zoey.

« Ça va ! JE VOUS ASSURE ! » j'ai répondu avec un clin d'œil discret. Chloë et Zoey m'ont regardée, puis se sont regardées... Elles avaient l'air d'avoir compris.

« Alors, c'est toi, Nikki ? a demandé Victoria en me détaillant de la tête aux pieds. Je suis désolée pour ton accident, mais j'ai un spectacle à préparer, moi ! Toutes les trois, vous reviendrez l'année prochaine. Désolée, les filles ! »

J'ai bredouillé : « NON ! S'IL VOUS PLAÎT ! En fait, c'est juste une petite entorse. Mon médecin m'a assuré que je serais rétablie dès... dès demain ! »

C'est alors que Victoria a froncé les sourcils en me fixant d'un air soupçonneux : « Alors comme ça, ton médecin utilise du ruban adhésif ? » a-t-elle lancé avant de mettre les mains sur ses hanches et de hurler :

Je n'en revenais pas que cette folle me fasse évacuer de force.
Elle est complètement dingue !

« Chloë et Zoey, en place – et vite ! a-t-elle crié. Je veux
voir cet enchaînement. Mais je vous préviens : si vous n'êtes
pas toutes les TROIS à la répétition de demain, vous serez
disqualifiées. C'est compris ? »

Nous avons hoché la tête.

En quittant la piste à la hâte, j'ai levé le pouce en direction de mes deux MAV, qui m'ont répondu par un sourire nerveux. Du moment que je n'étais pas avec elles, elles se débrouilleraient très bien.

J'avais raison. Elles ont toutes les deux patiné sans faute, et Victoria était à la fois surprise et impressionnée.

J'ai décidé de ne pas assister à la suite de la répétition. J'avais assez vu Victoria Steel pour aujourd'hui, et j'étais sûre que c'était réciproque.

J'ai boité jusqu'aux toilettes, pressée de me débarrasser des béquilles qui m'encombraient et de ce plâtre qui me démangeait. J'étais sur le point d'appeler ma mère pour qu'elle vienne me chercher quand une invitée imprévue a fait irruption.

C'était MACKENZIE !! Et elle était très très vénère !

Je voulais battre des cils innocemment et nier TOUT EN BLOC.

Mais je me suis aperçue que j'avais posé mes *béquilles*
le long du mur et que je me tenais parfaitement debout
sur ma cheville «*blessée*».

OUPS!!

Vrais ou faux, mes problèmes de santé étaient tout à fait
personnels et ne regardaient pas MacKenzie.

«C'est TOI qui me traites de comédienne? ai-je grondé.
Toi qui portes tellement d'extensions capillaires et de gloss
que les pompiers t'ont déclarée zone inflammable,
en raison des risques de départ de feu que tu présentes!»

OMG! MacKenzie était si furieuse que j'ai cru que sa tête
allait exploser.

Elle a posé sur moi ses petits yeux méchants et a sifflé :
«J'ai déjà prévenu Victoria. Un seul faux pas et elle te jettera
de son spectacle aussi vite qu'une vieille pizza moisie!»

Puis elle a tourné les talons et s'est éloignée
en roulant des fesses.

Je déteste quand elle fait ça!

Je n'en revenais pas qu'elle essaye de m'intimider comme ça.
Pour qui se prenait-elle? Pour la POLICE DES PATINEURS?!

En tout cas, la bonne nouvelle, c'est que j'ai échappé
à la première répétition avec Victoria le Dragon.

Restait à échapper aux deux autres!

☺ !!

Après les menaces de Victoria hier, je n'ai pas osé
me montrer de nouveau avec mon faux plâtre.

Je me suis tournée et retournée dans mon lit pendant
une bonne partie de la nuit, en tentant d'élaborer
un nouveau plan.

Mais la triste vérité, c'est que je n'avais plus d'idée.

Dès qu'elle me verrait ~~patiner~~ ramper sur la piste,
Victoria nous virerait de son spectacle, Chloë, Zoey et moi.

Et le fait que MacKenzie lui raconte des horreurs
sur mon compte n'arrangeait pas les choses. Cette histoire
d'Hôtel des animaux et de fausse blessure ne servait pas
vraiment mes intérêts!

Bon, d'accord! J'ai fait semblant d'être blessée, mais quand
même! Ça ne regarde pas MacKenzie, après tout!

Quand Victoria a commencé à crier sur le musicien,
l'éclairagiste et la costumière (OMG! cette folle n'arrêtait pas

de crier), j'ai décidé de m'éclipser et de me cacher quelques instants dans les gradins.

Comme ça, je pourrais enfin avoir ma crise de panique – en privé.

J'étais plongée dans mes pensées, occupée à examiner ma situation désespérée, quand une voix familière m'a fait sursauter.

« Alors, ça fait quoi d'être une Princesse des glaces ? »

« BRANDON ! Qu'est-ce que tu viens faire ici ? » ai-je murmuré.

« Je suis venu te remercier pour le super-album photos que tu m'as offert. Et pour encourager l'équipe de l'Hôtel des animaux ! »

Ce mec était trop mignon pour être vrai ! L'idée qu'il allait peut-être déménager était... trop déprimante !

Soudain, je me suis sentie submergée par l'émotion, et j'ai dû me mordre la lèvre pour ne pas éclater en sanglots.

Le sourire chaleureux de Brandon s'est effacé peu à peu, et il a continué de me regarder sans rien dire.

« NIKKI ? Tu vas bien ? Qu'est-ce qui se passe ? »

« Je suis désolée, Brandon ! Mais je ne suis pas sûre de pouvoir gagner l'argent nécessaire à sauver l'Hôtel des animaux. Je suis... tellement désolée. Sincèrement ! »

« Qu'est-ce que tu veux dire ? Personne ne te demande de patiner comme une pro. Il suffit de participer au spectacle. »

« NON ! Ça ne suffit pas ! Il faut aussi savoir patiner un minimum, et ce n'est pas mon cas ! Mais je l'ignorais quand je me suis portée volontaire pour t'aider, je le jure ! »

« Allez, Nikki ! Tu ne peux pas être aussi nulle que ça, quand même ! »

« Écoute-moi, Brandon : si, je suis aussi nulle que ça ! Non, en fait, je suis bien pire encore ! Je m'attends à me faire virer du spectacle après la répétition d'aujourd'hui. »

Incrédule, Brandon a cligné des yeux.

« Victoria exige que nous soyons bien préparés, mais ce n'est pas mon cas ! J'ai déjà du mal à me tenir debout sur la glace, alors pour le reste... »

Nous sommes restés là sans rien dire, à méditer sur le caractère désespéré de ma situation.

Si je ne PATINAIS pas, l'Hôtel des animaux devrait fermer et Brandon déménagerait !

Et si je PATINAIS, l'Hôtel des animaux devrait fermer
et Brandon déménagerait !

C'était PERDANT/PERDANT dans tous les cas.

«Je suis désolé, Nikki, a murmuré Brandon en regardant
Victoria, occupée à crier sur l'agent de service de la patinoire.
J'aimerais bien pouvoir faire quelque chose... »

Mon cœur a commencé à battre comme un fou
quand elle a annoncé au micro que c'était notre tour,
à Zoey, Chloë et moi.

Brandon m'a adressé un pauvre sourire.

«Essaye de ne pas te casser une jambe ! Ou plutôt si... »

J'ai souri à sa petite blague. «Merci ! »

Brandon l'ignorait, mais j'avais DÉJÀ fait le coup de la jambe
cassée à Victoria.

En m'approchant de la piste, j'ai remarqué que Chloë et Zoey étaient très nerveuses, elles aussi. Mais elles faisaient de leur mieux pour le cacher.

« OK, l'équipe de l'Hôtel des animaux! Câlin de groupe! » a lancé Chloë en agitant ses mains pour détendre l'atmosphère.

Miraculeusement, j'ai réussi à entrer sur la piste et à me mettre en position sans tomber.

Et, juste au moment où notre musique a commencé, j'ai vu Brandon s'approcher de Victoria avec son appareil photo et lui taper sur l'épaule.

Elle s'est retournée et Brandon s'est présenté en désignant son appareil.

Apparemment, son professionnalisme, son sourire et ses bonnes manières ont tout de suite plu à Victoria.

Ce qui était une très bonne chose, parce que notre enchaînement n'était vraiment pas top...

Comme par hasard (ou pas), la séance-photos surprise

de Brandon s'est terminée sur la dernière note

de notre morceau de musique.

Et quand Victoria a fini par se retourner...

...nous avons plaqué de grands sourires sur nos visages et pris une pose super avantageuse. On aurait dit les trois finalistes de la Star Ac ou un truc du genre.

Personne n'aurait pu deviner que je m'étais vautrée 4 fois pendant les 3 minutes qu'avait duré notre enchaînement.

OMG! J'étais restée si longtemps assise sur la glace que j'avais les fesses gelées!

Victoria nous a regardées bizarrement, tandis que nous retenions notre souffle.

« Super, les filles! a-t-elle fini par lancer avant de se tourner vers son assistant. Où est mon CAPPUCCINO?
Il faut que je fasse TON boulot en plus du MIEN, peut-être? »

Brandon m'a fait un clin d'œil et un grand sourire.

J'aurais pu fondre ici même, sur la glace!

Bien sûr, quand je suis passée devant Mackenzie, elle m'a regardée en se bouchant le nez.

Mais je le savais déjà, que je patinais comme une naze!

Je n'avais pas besoin qu'elle me le rappelle.

En tout cas, je n'arrivais pas à croire qu'on faisait encore partie du spectacle.

BRANDON est adorable! J'en revenais pas, qu'il nous ait aidées de cette façon!

J'avais franchi la barre des DEUX répétitions.

Il en RESTAIT UNE!

Woo-Hoo!!

☺

BRIANNA ET MOI PARTONS FAIRE DE LA LUGE
(UNE EXPÉRIENCE TERRIFIANTE).

BRIANNA, TU ES SÛRE DE VOULOIR DESCENDRE
LA COLLINE DE L'HOMME MORT? C'EST PAS
UN PEU EFFRAYANT POUR UNE FILLE
DE TON ÂGE?

C'EST ICI!

À suivre...

☹ !!

DIMANCHE 29 DÉCEMBRE

BRIANNA ET MOI PARTONS FAIRE DE LA LUGE (UNE EXPÉRIENCE TERRIFIANTE), SUITE ET FIN...

Dans le dernier épisode, nos deux héroïnes, Brianna et Nikki, dévalaient à toute allure une colline, vouées à une mort certaine. Mais, alors qu'elles semblaient perdues...

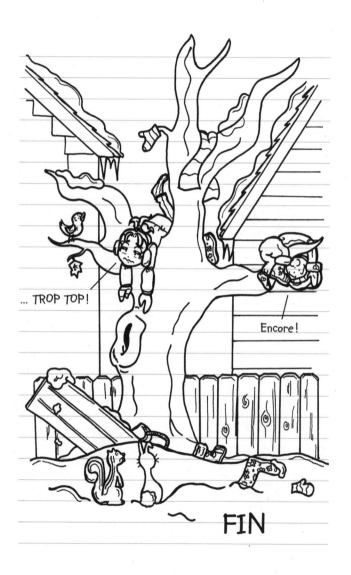

LUNDI 30 DÉCEMBRE

Mes parents ont complètement perdu le sens des priorités.

Maman est partie voir une amie qui vient d'accoucher.

Et Papa a reçu un appel urgent d'une dame pleine aux as dont le dîner a été troublé par des visiteurs inattendus : 2 000 fourmis !

Devine qui est restée à la maison pour garder Brianna ?

Moi ! Eh oui !

Même si ça signifiait que je devais l'emmener avec moi à une répétition de la PLUS HAUTE importance, puisque l'enjeu était de 3 000 dollars. Et que c'était une question DE VIE ou DE MORT !

Chaque seconde, quatre bébés naissent dans le monde. Et les fourmis résisteraient même à une guerre nucléaire. Alors, où est l'urgence, hein ?

COMMENT ce qu'ils avaient à faire pouvait-il être plus important que ce que je faisais, MOI?

« Nikki, appelle-moi sur mon portable après ta répétition, m'a dit Maman en me laissant devant la patinoire. Et toi, Brianna, sois sage et obéis à ta sœur, d'accord? »

« D'accord, Maman! » a répondu Brianna, tout sourire. Un vrai petit ange!

Puis elle s'est retournée et m'a tiré la langue.

« Nikki, je peux jouer à princesse Dragée sur ton portable? » m'a-t-elle demandé au moment où nous entrions dans le bâtiment.

C'était la 5e fois qu'elle me demandait ça aujourd'hui.

« Non, Brianna, tu es là pour nous regarder patiner. »

Chloë et Zoey étaient déjà sur la piste, en train de s'échauffer. Mais quand elles ont vu Brianna, elles se sont précipitées pour l'embrasser.

Fascinée par les patineurs, Brianna est restée tranquillement assise, à les regarder. J'avais du mal à croire qu'elle se tienne aussi bien !

25 minutes plus tard, Victoria nous appelait.

« C'est à nous ! a lancé Zoey avec un sourire nerveux. Tu es prête, Nikki ? »

J'ai pris une profonde inspiration pour affronter mon destin. J'étais tellement nerveuse que j'ai cru que j'allais vomir mon p'tit déj.

J'avais réussi à passer au travers des deux premières répétitions sans me faire virer par Victoria.

Mais, à moins d'un miracle, cette fois-ci, j'allais y passer.

Dès qu'elle m'aurait vue patiner, ou plus exactement ESSAYER de patiner, elle m'exclurait du spectacle.

« Dernier appel ! lança Victoria d'un ton sec. Chloë, Zoey et Nikki ! »

Au moment où nous nous avancions sur la glace, Victoria a posé sur nous son regard d'aigle. J'ai fait tout mon possible pour ne PAS tomber.

Alors que nous nous mettions en position de départ, une voix aiguë s'est élevée dans les gradins...

EH, LES FILLES, JE VEUX DANSER
SUR LA GLACE, MOI AUSSI !

J'ai rejoint Brianna, puis je l'ai prise par la main
et l'ai raccompagnée à sa place!

« Brianna! Tu veux qu'on se fasse virer du spectacle? »
ai-je sifflé. Assieds-toi ici et NE BOUGE PAS, compris? »

Elle m'a regardée avec ses yeux de chien battu.
« Mais, Nikki! Je veux patiner avec toi, Chloë et Zoey! »

On aurait dit que Victoria était sur le point de péter
les plombs. Mais comme une caméra était braquée sur elle,
elle a étiré les lèvres comme un mannequin en battant
très rapidement des cils.

Alors que je m'apprêtais à regagner la piste,
un type en uniforme bleu m'a arrêtée.

« Excusez-moi, mais j'ai des fleurs à livrer pour Victoria Steel.
De la part de M. le maire. On m'a demandé de les laisser
à l'accueil, mais c'est fermé. Savez-vous où je peux
la trouver? »

« Bien sûr, elle est là-bas », ai-je répondu en pointant le doigt
dans sa direction.

Victoria était en train de donner une interview à un journaliste.

« Je ne veux pas la déranger. Et je suis en retard
sur mon planning. Je peux vous demander de lui donner
ce bouquet ? »

« Bien sûr. »

Il a déposé un magnifique bouquet de deux douzaines
de roses roses sur le siège à côté de Brianna.

« Oh !!! Comme elles sont jolies ! s'est exclamée Brianna.
Elles sont pour toi ? »

« Non, pour la dame, là-bas ! ai-je répondu en désignant
Victoria. Il faut que je les lui donne. »

« Nikki, je peux le faire, moi ? » a demandé Brianna,
tout excitée.

« Non, n'y pense même pas ! Reste à ta place ! »

C'est alors que j'ai eu une idée géniale !

« En fait, Brianna, ça me rendrait vraiment service que tu ailles donner ces fleurs à Victoria ! » ai-je lancé d'un air ravi.

« Trop top ! »

« Mais il faut que tu fasses très attention. Je te ferai signe quand tu pourras y aller, d'accord ? »

« D'accord. Je peux les sentir aussi ? Je suis sûre qu'elles sentent la barbapapa. Ou le chewing-gum ! »

J'ai repris ma place sur la piste, près de Chloë et Zoey, mais j'étais si nerveuse que j'avais du mal à réfléchir.

Juste au moment où la musique allait commencer, j'ai fait signe à Brianna d'apporter les fleurs à Victoria.

Mais Brianna s'est contentée de me sourire avec un petit geste de la main.

De nouveau, je lui ai fait signe, en désignant les fleurs, cette fois. Mais Brianna, une fois de plus, m'a répondu en désignant les fleurs, elle aussi.

GÉNIAL ! ☹

Quand la musique a jailli des haut-parleurs,
Chloë et Zoey se sont élancées gracieusement sur la glace.

Moi, je suis restée plantée là, à agiter les bras au ralenti...
Je ne rêvais que d'une chose : patiner jusqu'à Brianna
pour l'étrangler.

Après ce qui m'a paru une éternité, Brianna a fini
par comprendre. Elle a attrapé le bouquet et s'est avancée
vers Victoria.

Brianna a tiré sur le manteau de Victoria et, quand
cette dernière s'est retournée, j'ai vu un grand sourire
illuminer son visage.

« Eh, Nikki, a murmuré Chloë, patine ! »

En prenant mon élan, j'ai aussitôt perdu l'équilibre
et suis tombée sur les genoux.

Avec un sourire, Brianna a tendu le bouquet à Victoria.

« C'est pour moi ? » s'est-elle exclamée, ravie, comme si on lui offrait une nouvelle médaille d'or.

À ce moment-là, j'ai trébuché sur le pied de Chloë, percuté Zoey, puis glissé sur mes fesses. C'était... surréaliste !

Flattée par le cadeau (emprunté) de Brianna, Victoria
a attrapé un papier et un crayon et lui a signé un autographe.

Et Brianna, qui est aussi vaniteuse que la célèbre patineuse,
a insisté pour lui donner elle aussi un autographe.

Ensuite, elle a serré Victoria contre son cœur.

Bien sûr, les caméras de télévision n'ont pas perdu
une miette de la scène.

Ces cris de joie, ces embrassades et ces sourires ont duré
une ÉTERNITÉ. Ou, du moins, assez longtemps pour
que nous puissions terminer notre enchaînement.

Une fois encore, nous avons pris une pose finale avantageuse
et, hors d'haleine, avons attendu le verdict.

Quand Victoria s'est enfin tournée face à nous,
elle rayonnait littéralement.

Serrant son bouquet dans un bras et Brianna dans l'autre,
elle a souri et a dit...

Quand Chloë, Zoey et moi avons cligné des yeux sous l'effet de la surprise, Brianna s'est mise à nous applaudir. Très fort.

Après tout, qui étions-nous pour contester l'avis de la grande et merveilleuse Victoria Steel ?

Et de sa... euh... fidèle assistante, Brianna !

À cet instant précis, j'étais plutôt contente que Papa et Maman m'aient imposé de jouer les baby-sitters.

Le plus génial, c'est que j'avais survécu aux trois répétitions avec Victoria Steel, LA SUPER-DIVA du patinage artistique !

Si je réussissais à tenir jusqu'à la fin de notre prestation, demain, l'Hôtel des animaux serait sauvé et Brandon n'aurait pas à déménager.

Je N'AI ABSOLUMENT PAS HÂTE de m'humilier publiquement en trébuchant, en glissant et en tombant pendant le spectacle de demain.

Mais je suis prête à faire tout ce qu'il faut pour sauver le foyer.

Cela dit, je m'inquiète VRAIMENT pour nous trois : qui sait ce que MacKenzie est capable de comploter pour nous faire exclure du spectacle à la dernière minute ?

Même si elle ne m'a pas adressé la parole depuis notre petite dispute, l'autre jour, à chaque fois que je la croise, elle me regarde comme un serpent affamé regarderait une souris.

Cette fille n'a AUCUNE PITIÉ.

Elle ferait n'importe quoi à n'importe qui pour obtenir ce qu'elle veut.

Je serai TELLEMENT soulagée quand le Holiday on Ice Show sera terminé !

☹ ‼

MARDI 31 DÉCEMBRE

OMG! OMG! OMG! Je n'arrive pas à croire ce qui vient d'arriver! Je crois que je ferais mieux de commencer par le commencement...

Le Holiday on Ice Show est connu pour ses merveilleux costumes. Et, cette année, Victoria Steel les a empruntés à un célèbre producteur de Broadway, qui a remporté plusieurs Oscars et a accepté de lui donner accès à sa collection privée.

À 9 heures ce matin, tout le monde avait rendez-vous avec la chef costumière pour les derniers essayages.

Chloë, Zoey et moi allions patiner sur la célèbre Danse de la fée Dragée, extraite du ballet *Casse-Noisette*.

C'est pourquoi Chloë et Zoey étaient super impatientes d'enfiler leurs costumes à paillettes, comme l'héroïne de *La Princesse des glaces*.

Eh bien, mes MAV n'ont pas été déçues! Les costumes de fées que Victoria avait sélectionnés pour nous étaient SUBLIMES!

J'ai failli m'évanouir quand Mackenzie elle-même
nous a félicitées.

Elle a dit qu'elle adorait nos magnifiques costumes et qu'ils étaient de loin ses préférés.

Après la séance d'essayage, nous avons passé la matinée dans un spa super classe, à nous faire des manucures et des pédicures. Ensuite nous sommes allées nous faire coiffer et maquiller dans un salon de beauté.

TROP GLAMOUR! On était prêtes pour faire la couverture de *GIRLS*!

Après un déjeuner léger – il était presque 14 heures et le spectacle commençait à 16 heures –, nous nous sommes dirigées vers la patinoire pour nous habiller.

Même si j'étais super nerveuse à l'idée de patiner devant un millier de personnes, mon seul et unique but était de terminer mon enchaînement. Même si je devais y laisser la vie...

Comme ça, l'Hôtel des animaux recevrait de l'argent et Brandon pourrait rester au WCD!!

Mais malheureusement, ce qui avait commencé comme une merveilleuse journée s'est gâté quand nous avons découvert...

COSTUMES DE CLOWNS!

Quand nous avons expliqué le problème à la chef costumière, elle a passé une demi-heure à chercher nos costumes avec son équipe.

Sans succès.

J'avais la vague intuition que Mackenzie n'était pas étrangère à cette disparition.

J'avais remarqué ce petit rictus méchant sur son visage quand elle avait admiré nos costumes. Mais je n'avais pas le moindre début de preuve.

Apparemment, c'est Victoria qui avait commandé les costumes de clowns, ainsi que trois autres tenues, avant de changer d'avis et de décider de ne pas les utiliser.

À midi, un transporteur était venu récupérer tous les costumes supplémentaires pour les rapporter à New York – et échangé par mégarde nos costumes avec les costumes de clowns.

Ça signifiait que nos merveilleux costumes de fées se trouvaient en ce moment quelque part entre le collège et New York.

Nous étions désespérées ! Chloë et Zoey étaient si déçues qu'elles ont commencé à pleurer.

J'ai tenté de les consoler : « Allez, les filles ! Ne pleurez pas. On peut patiner quand même ! »

« Mais j'avais tellement hâte d'être habillée en princesse des glaces ! » gémit Chloë.

« Moi aussi ! » a pleurniché Zoey.

« Arrêtez ! Ce n'est pas juste pour être glamour qu'on s'est engagées dans ce spectacle. Si nous faisons tout ça, c'est pour aider l'Hôtel des animaux, vous vous rappelez ? » ai-je déclaré pour leur redonner le moral.

«Oui, je sais, j'ai continué, ces costumes de clowns sont super moches, et on fera sans doute peur au public avec ce look de folles. Et les copains du collège se moqueront de nous jusqu'à la fin de l'année, et nous ferons honte à nos parents. C'est possible. Mais essayez de voir le bon côté des choses...»

Chloë et Zoey m'ont regardée d'un air interrogateur et ont demandé en chœur : «Et c'est quoi, le bon côté des choses?»

«Euh... Eh bien, c'est... euh... D'accord, peut-être qu'il n'y a pas de bon côté des choses. Mais beaucoup de gens super sympas et d'adorables petits animaux dépendent de nous! Demandez-vous ce que ferait Crystal Coldstone, la princesse des glaces!»

Soudain, Chloë a essuyé ses larmes et a posé les mains sur ses hanches. «Eh bien, Crystal se bougerait les fesses et mettrait une raclée à ces vambies des glaces! Voilà ce qu'elle ferait!»

«Et si c'était pour sauver l'humanité, elle accepterait de porter un costume de clown super moche!» a ajouté Zoey.

Zoey a baissé le ton pour murmurer : « L'art du clown va bien au-delà de ce qu'on pense. Il n'est ni tragique ni comique ; il est le miroir comique de la tragédie et le miroir tragique de la comédie – André Suarès. »

ENFIN ! Mes MAV avaient compris !

« Venez, les filles ! Allons patiner toutes ensemble ! »
Et nous avons fait un câlin de groupe.

C'était un peu bizarre d'enfiler ces affreux costumes de clowns après les superbes robes de fées, mais une fois dans les vestiaires, nous avons essayé de rester positives.

Malgré nos nouveaux costumes, nous avons décidé de garder notre musique et nos enchaînements du début.

Après tout, c'est ce qu'on avait répété pendant les deux dernières semaines !

Maman et Brianna sont venues dans les vestiaires pour nous souhaiter bonne chance. Ma sœur a adoré nos nouveaux costumes.

« Eh, les filles, vous savez quoi ? s'est-elle exclamée. Quand je serai grande, je glisserai sur la glace et j'aurai l'air d'un clown idiot, moi aussi, comme vous ! Et je ferai peur à tout le monde ! »

J'imagine que c'est un compliment...

Quand Brianna a pris mon portable, sur la table des vestiaires, ses yeux se sont illuminés.

NIKKI, JE PEUX JOUER À PRINCESSE DRAGÉE SUR TON PORTABLE PENDANT QUE TOI, CHLOË ET ZOEY VOUS GLISSEZ SUR LA GLACE ?

« Non, Brianna. Je t'ai déjà dit de ne JAMAIS toucher à mon téléphone sans mon autorisation. Tu te souviens ? »

Elle m'a suppliée : « S'te plaaîaîaîaîaîaîaît ! Je te promets, je le casserai pas. » Puis elle a caché mon portable derrière son dos pour m'empêcher de le reprendre.

J'ai gémi plus fort que Brianna : « MAMAN... »

« Brianna Maxwell ! a grondé Maman, tu connais la règle : tu n'as pas le droit de prendre le portable de ta sœur sans sa permission. Rends-le-lui ! »

Brianna a fait à Maman son regard de chien battu et s'est mise à bouder comme un bébé de 2 ans. Mais elle a fini par me tendre mon portable, que je lui ai arraché des mains.

« Miss Plumette et moi, on trouve que tu es méchante ! » a déclaré Brianna en me tirant la langue.

« Très bien. Dans ce cas, miss Plumette et toi, vous ne jouerez plus JAMAIS à princesse Dragée sur MON téléphone. PLUS JAMAIS DE LA VIE, voilà ! »

Puis je leur ai tiré la langue à toutes les deux.

« Ça suffit, les filles ! » nous a lancé Maman.

J'ai reposé le téléphone sur ma coiffeuse.

Mais quand j'ai vu Brianna me regarder comme un vautour regarde sa proie, je l'ai fourré dans la jolie petite poche de mon sac à main, que j'ai mis dans mon sac à dos avec mes autres affaires.

Au moment où Maman et Brianna partaient, l'assistant de plateau a annoncé que le spectacle commençait dans 45 minutes; tous les patineurs devaient aller se présenter au régisseur.

«J'ai besoin d'aller aux toilettes! a gémi Brianna très fort. Ça presse!»

J'étais super gênée.

Chloë a désigné à Maman et à Brianna la porte des toilettes, dans notre vestiaire.

Ensuite, on s'est précipitées vers l'accueil.

Quand nous sommes revenues dans les vestiaires pour prendre nos patins et commencer l'échauffement, nous avons vu un petit mot sur la porte.

Chloë, Zoey
et Nikki,

Bonne nouvelle !
Nous avons retrouvé
vos costumes de fées
dans l'allée C, box n°17.
Venez VITE les chercher
avant d'aller vous
préparer !

V.

La costumière avait retrouvé nos costumes ! Nous étions
si heureuses que nous avons fait un câlin de groupe
et commencé à crier.

« OMG ! Enfin, ils les ont retrouvés ! » j'ai lancé.

« Juste à temps ! » a répondu Zoey.

« On va être de vraies princesses des glaces, enfin ! »
a crié Chloë.

J'ai ajouté : « Vite ! Plus que 30 minutes avant le début
du spectacle ! »

Soudain, Chloë s'est arrêtée.

« Attendez ! Je vais chercher mon téléphone, comme ça
on pourra appeler nos mères pour leur dire qu'ils ont retrouvé
nos costumes de princesses. En plus, on aura besoin d'elles
pour enlever notre maquillage de clowns et refaire
notre maquillage de fées ! »

Zoey et moi, on a approuvé : « Super-idée ! »

L'allée C était située de l'autre côté de la piste,
près des vestiaires des hockeyeurs. Tous les entraînements
avaient été annulés en raison du spectacle, et les couloirs
étaient sombres et étrangement calmes.

« C'est moi qui suis trouillarde ou c'est un peu flippant
par ici ? » a demandé Zoey d'un air nerveux.

« On récupère nos costumes vite fait et on s'en va »,
a dit Chloë pour la rassurer.

« OK. Allée C, box 14, 15, 16... 17 ! C'est ici, les filles ! » ai-je lancé.

Le box était fermé de l'extérieur par un simple loquet.

Nous l'avons soulevé et j'ai jeté un œil à l'intérieur.
Il faisait encore plus sombre que dans le couloir.

J'ai plaisanté pour rassurer mes amies : « N'ayez pas peur !
C'est juste un box pour stocker des trucs ! »

« Il y a pas de lumière là-dedans ? » a demandé Zoey.

« On peut utiliser mon portable, a suggéré Chloë.
Il y a une lampe dessus ! »

Elle l'a tenu en l'air, au milieu du box.
Il diffusait une inquiétante lumière verte.

« Merci, c'est beaucoup mieux comme ça, j'ai dit.
Je vois des crosses de hockey, des palets et des patins.
Mais pas de costumes de fées... »

Soudain, la grande porte de fer s'est refermée avec fracas, et j'ai entendu le loquet qu'on refermait.

CLAC-CLONK!

Derrière la porte, des pas se sont éloignés en résonnant dans le long couloir vide.

Chloë, Zoey et moi nous sommes regardées, mesurant peu à peu la gravité de la situation. Puis, en pleine crise de panique, nous nous sommes jetées sur la porte pour tambouriner de toutes nos forces.

Nous avons crié comme des folles : « Au secours ! Nous sommes enfermées ! Laissez-nous sortir ! Au secours, Au secours ! »

Mais nous avons vite compris que la personne qui nous avait enfermées n'avait pas l'intention de revenir de sitôt pour nous libérer.

Nous étions prises au piège. Il n'y avait jamais eu de costumes de fées dans le box 17.

Nous ne pouvions rien faire d'autre que de regarder la lumière verte du portable de Chloë faiblir de plus en plus.

« Désolée, les filles, j'ai oublié de recharger mon téléphone, mais je crois que je peux passer encore trois ou quatre coups de fil avant qu'il soit complètement mort. Alors, on appelle qui ? »

Pendant 30 secondes environ, on aurait pu entendre une mouche voler dans le box.

« Commençons par appeler nos mères ! » a proposé Zoey.

« Bonne idée ! »

Pas si bonne que ça, hélas... 3 fois, nous sommes tombées sur le répondeur, ce qui signifiait qu'elles avaient éteint leurs portables pour éviter qu'ils ne sonnent pendant le spectacle.

À chaque fois, nous avons laissé un message détaillé. La BONNE nouvelle, c'était qu'au pire, nos mères prendraient connaissance de nos messages et viendraient nous libérer APRÈS le spectacle.

Ce n'était qu'une question de temps avant qu'on vienne nous porter secours.

Mais la MAUVAISE nouvelle, c'était que nous allions rester coincées dans ce box obscur pendant deux longues heures avant que quelqu'un nous trouve. L'angoisse...

« Il nous reste un appel. Avec un peu de chance ! » a annoncé Chloë en regardant son téléphone.

« Eh bien, dans ce cas, appelons Police Secours ! » a répliqué Zoey.

« Oui, mais le temps qu'ils arrivent, on aura loupé notre entrée en scène », a expliqué Chloë.

J'ai consulté ma montre : « En effet, le spectacle commence dans 15 minutes... »

« Maintenant que j'y pense, a reconnu Zoey, ce serait un peu gênant de voir débarquer trois voitures de police, deux camions de pompiers et une ambulance, juste pour ouvrir la porte d'un box de rangement. On ne s'en remettra jamais. »

« Tout le monde est sans doute DÉJÀ en train de se moquer de nous, a soupiré Chloë. Moi, je préfère attendre que nos mères viennent nous chercher ! »

Je n'en revenais pas : être allée aussi loin pour me retrouver coincée dans un box, à l'intérieur même du gymnase où le spectacle devait commencer, dans 12 minutes !

En pensant à Brandon, j'ai senti une grosse boule se former dans ma gorge. C'était sûr, maintenant : il allait être obligé de quitter le collège et ses amis pour repartir à zéro.

Je me sentais super mal pour lui. Mais j'étais impuissante. J'avais commis une grave erreur en m'engageant dans ce spectacle.

Si seulement j'avais laissé MacKenzie patiner pour l'Hôtel des animaux, comme elle le voulait, la vie de Brandon n'aurait pas été bouleversée une fois de plus. En repensant à toutes les épreuves qu'il avait traversées, j'ai senti mon cœur se serrer.

Il avait perdu ses parents, et moi, je me comportais comme si les miens étaient éternels.

Les larmes me brûlaient les yeux, mais je les ai chassées d'un clignement de paupières. J'ai entendu Chloë et Zoey renifler, elles aussi.

Brandon allait partir, alors qu'on commençait à peine
à se connaître !

Brianna s'était comportée comme une PESTE avec lui,
et pourtant, il lui avait donné une belle lettre de remerciement
avec une photo des chiots et...

SOUDAIN, une ampoule s'est allumée dans ma tête.

BRIANNA LA PESTE ?!

Oui, ma fofolle de petite sœur, celle sur qui on pouvait toujours compter pour nous taper sur les nerfs !

« Chloë ! j'ai une idée ! Appelle mon portable ! Vite, avant que tu n'aies plus de batterie ! »

« Quoi ? Mais... pourquoi ? a demandé Chloë. Je croyais que tu avais laissé ton portable dans les vestiaires ? »

« Je sais ! Appelle, s'il te plaît ! Nous perdons du temps ! Le spectacle commence dans 10 minutes ! »

Chloë et Zoey m'ont regardée comme si j'étais devenue folle.

Puis Chloë a haussé les épaules, a composé mon numéro et a mis sur haut-parleur pour qu'on puisse entendre toutes les trois.

Une sonnerie. Deux. Puis trois...

J'avais réglé mon portable pour qu'il bascule sur messagerie au bout de cinq sonneries.

«Réponds, je t'en prie! Réponds!» ai-je supplié tout haut.

Après quatre sonneries...

«Allô! C'est qui?» a demandé une petite voix aiguë.

OMG! Brianna! Tu as pris mon portable! Dieu merci!

Chloë et Zoey, tout excitées, ont commencé à crier elles aussi.

« Désolée, mais c'est pas moi, a poursuivi Brianna.
Je ne suis pas joignable parce que j'attends que Nikki
entre sur scène. Laissez un message, au revoir ! »

Au désespoir, nous avons crié en chœur : « NOOOON !
Ne raccroche pas ! »

« S'il te plaît, Brianna, écoute-moi ! Ne raccroche pas !
ai-je supplié. Je t'appelais pour te dire que tu pouvais jouer
à princesse Dragée sur mon portable pendant notre spectacle,
OK ? »

Un long silence, puis : « C'est vrai ? »

« Oui, c'est vrai ! »

« Yeessss ! Miss Plumette peut jouer aussi ? Je lui ai dit de
ne pas piquer ton téléphone, mais elle l'a fait quand même.
Tout est de sa faute, pas de la mienne. Mais elle est désolée... »

« Miss Plumette peut jouer elle aussi, Brianna,
pas de problème. »

« OK. Merci. Salut ! »

« Attends ! j'ai crié. Il faut que je parle à Maman ou à Papa...
C'est urgent. »

« Papa est parti m'acheter des pop-corn. Et Maman est
en train de discuter avec la dame du ballet, celle qui a une
grande bouche. Elle m'a demandé de ne pas la déranger. Tiens,
devine qui est là ? Brandon, tu sais, le garçon qui a des poux !
Salut, Brandon-qui-a-des-poux ! C'est moi ! On s'est parlé
au téléphone, tu te souviens ? Nikki était sous la douche et
il y avait un écureuil mort dans le jardin de Mme Wallabanger. »

Voix étouffées.

Je n'en revenais pas d'entendre Brianna raconter
notre vie comme ça.

J'ai hurlé : « Brianna ! Brianna ! »

« Quoiiiii ? »

« Peux-tu passer le téléphone à Brandon-qui-a-des-poux ?
Il faut que je lui parle, OK ? »

« D'accord, mais pas longtemps, alors. J'ai pas fini ma partie de princesse Dragée, moi. Attends... »

De nouveau, des voix étouffées.

« Salut, Nikki ! »

« Brandon ! OMG ! Nous sommes enfermées dans un box, à l'intérieur du gymnase ! Allée C, box 17 ! Le portable de Chloë va s'éteindre d'un instant à l'autre. Viens nous libérer ! »

« Quoi ? Vous êtes où ? »

« Enfermées dans un... »

C'est alors que la batterie du portable de Chloë a rendu l'âme.

Toutes les trois, on est restées assises dans le noir le plus complet, muettes et désemparées.

Nous ne savions pas si Brandon avait compris ce que je lui avais dit. Mais, juste au moment où nous étions sur le point d'abandonner tout espoir...

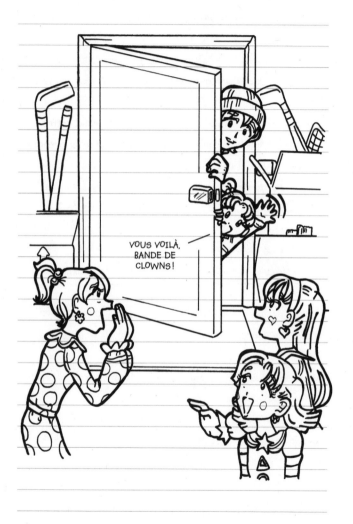

Le spectacle commençait dans 4 minutes.

Nous avons couru jusqu'à nos vestiaires, avons attrapé nos patins et nos perruques de clowns, Brianna sur les talons.

Ses yeux se sont illuminés quand elle a vu le grand coffre tapissé de papier de couleurs vives. « Nikki, je peux prendre ce grand cadeau ? »

« Non, Brianna, il est vide. C'est un accessoire réservé aux clowns. »

Elle a fait la moue. « Je veux être un clown, moi aussi ! »

C'est alors que Chloë, Zoey et moi avons eu la même idée, au même moment.

« Les grands esprits se rencontrent », comme dit le proverbe…

La patinoire était pleine à craquer, et l'ambiance tellement électrique que l'air crépitait.

Plusieurs chaînes de télévision locales retransmettaient l'événement en direct.

Victoria Steel, plus glamour que jamais, a salué chaleureusement le public et l'a encouragé à se montrer généreux envers les associations caritatives représentées par les patineurs.

Puis elle a fait une annonce-surprise : « Comme preuve de notre engagement, et en plus des 3 000 dollars que recevra chaque association, le Holiday on Ice Show remettra au groupe préféré du public la somme de 10 000 dollars... »

À cette nouvelle, le public s'est levé et a applaudi à tout rompre.

La salle était en délire !

On se serait cru à la Star Academy.

10 000 dollars! C'était plus qu'intéressant, et j'étais sûre qu'une telle somme serait bien utile à l'Hôtel des animaux.

Mais, pour moi, l'essentiel était d'aller jusqu'au bout de mon enchaînement et de patiner assez bien pour mériter les 3 000 dollars.

Bientôt, les lumières se sont éteintes et le spectacle a commencé.

J'ai été stupéfaite de voir MacKenzie monter sur scène, dès l'ouverture.

Elle a patiné sur *Le Lac des cygnes* et elle a été GÉNIALE!

Quand elle a eu terminé, le public s'est levé pour l'applaudir.

J'ai tout de suite su que MacKenzie figurerait parmi les favoris pour le prix du public. Et elle le savait aussi, parce qu'elle a commencé à prendre la pose en saluant l'assistance.

En quittant la piste, MacKenzie a eu l'air surprise de nous voir patienter en coulisse.

Je lui ai souri en agitant la main, mais elle est passée devant nous sans un regard.

Je lui ai balancé en pleine figure : « MacKenzie, tu es vraiment une peste. Tu as touché le fond, alors arrête de creuser ! »

Elle s'est retournée et m'a jeté un regard hautain : « Tu dis ça comme si c'était un reproche alors qu'en fait, j'ai fait tout ce que j'ai pu pour vous éviter l'humiliation publique, à toi et à tes copines. Mais puisque tu insistes, à vous de jouer ! Bande de loseuses ! »

Au moment d'entrer en scène, j'avais les nerfs en pelote.

Mes genoux tremblaient, AVANT même que je touche la glace.

Mais par miracle, j'ai réussi à me mettre en position

sans me casser la figure.

Alors que nous attendions que la musique commence, Zoey nous a souri, à Chloë et à moi.

Puis elle a murmuré, assez fort : « Chaque homme est un clown, mais seulement un petit nombre a le courage de le montrer – Charlie Rivel. »

J'ai souri. « Merci, Zoey ! »

OMG ! Dans mon estomac, les papillons volaient si vite que j'ai cru que j'allais rendre mon déjeuner sur la glace, sous les yeux du public.

C'est alors que Zoey a murmuré, plus fort encore : « Un clown, c'est un ange avec un nez rouge – J. T. "Bubba" Sikes. »

« Arrête, Zoey ! La première fois, c'était sympa, mais toutes ces citations clownesques commencent à me taper sur les nerfs ! »

Mais j'ai dit ça dans ma tête, et personne d'autre que moi ne l'a entendu.

Je savais qu'elle tentait de nous détendre un peu.

Et j'avais beaucoup de chance d'avoir une MAV comme elle.

Quand la musique a commencé à résonner
dans les haut-parleurs, Chloë et Zoey ont volé sur la glace
comme de gracieux papillons.
Ou plutôt : comme de gracieux papillons déguisés en clowns.

J'étais censée les suivre, et je les ai devancées.

Ou l'inverse ?

En tout cas, je suis partie en avant, je suis tombée
sur les fesses et j'ai glissé sur la glace comme
un bobsleigh humain lancé à 100 à l'heure.

Et là... BAM !!! J'ai heurté de plein fouet le grand coffre
qui nous servait d'accessoire de scène.

Complètement ahuries, Chloë et Zoey se sont arrêtées
de patiner.

J'avais tellement honte que j'en aurais pleuré. MacKenzie avait
raison. Tout ce que nous réussissions à faire, c'était
de nous ridiculiser!

J'ai cru entendre Victoria crier :

« Appelez la SÉCURITÉ et évacuez ces clowns de MA piste ! »

Une fois virées du spectacle, nous ne pourrions plus rien faire pour l'Hôtel des animaux, ni pour Brandon, qui serait obligé de déménager.

Et je ne le reverrai plus jamais ! ☹

Je suis restée assise là, trop sonnée pour me lever.

C'est alors que j'ai remarqué un truc incroyable.

Le public RIAIT.

Et tous les petits enfants s'étaient levés, applaudissaient et nous montraient du doigt.

Visiblement, tout le monde croyait que ma glissade sur les fesses – et le fait que j'avais failli m'ouvrir le crâne – était faite exprès ! Qu'il ne s'agissait que d'un petit numéro comique...

Puis je me suis rappelé que nous étions déguisées en clowns.

Mhhh !

Et les clowns étaient censés faire rire !

Mmh !

Ils n'arrêtaient pas de se casser la figure et de se faire tomber mutuellement.

Eh oui !

Chloë et Zoey avaient dû aussi remarquer la réaction du public et parvenir à la même conclusion.

LE PUBLIC avait l'air de nous apprécier !

Je veux dire : de nous apprécier VRAIMENT !

À partir de cet instant, nous nous sommes données à fond.

La foule était EN DÉLIRE quand nous avons entamé
la danse du *Ballet des zombies*. Sans doute parce que
personne n'avait jamais vu des clowns zombies patineurs
en train de faire le *moonwalk* !

J'ai même fait quelques pas de la danse que j'avais exécutée
en *live* avec Brianna, au Queasy Cheesy !

Je me sentais si détendue et si heureuse que, soudain,
le patinage ne présentait plus aucune difficulté pour moi.

C'était presque naturel.

ENFIN !

Ce qui est bizarre, c'est que je ne suis pas tombée,
pas une SEULE FOIS, pendant les 2 minutes et demie
qui restaient.

Enfin, si, je suis tombée, MAIS EXPRÈS !

Pour faire rire le public.

Eh, j'étais un clown, après tout !

C'était mon rôle !

Quand la musique s'est arrêtée, j'avais envie de continuer à patiner.

Avec les filles, on ne s'était jamais autant éclatées !

Mais attends, c'est pas fini !

Le public a été très surpris quand un tout petit clown a surgi comme un diable de sa boîte...

BRIANNA !!

On peut dire qu'elle nous a volé la vedette...

MOI, CHLOË, ZOEY ET BRIANNA
VERSION BANDE DE CLOWNS TROP MIGNONS

Nous avons gardé un moment la pose, et le public a ADORÉ !
Nous avons eu droit à une *standing ovation*.

Une fois sorties de scène, nous étions super heureuses !
Nous avons fait un câlin de groupe avec Brianna
et miss Plumette !

Ça n'aurait pas pu être mieux, et pourtant... devine qui a gagné
le prix du public et un chèque de 10 000 dollars pour l'Hôtel
des animaux ?!

Pendant la séance photo, MacKenzie ne m'a pas quittée des yeux.

J'aurais voulu aller la voir et lui dire : « Qu'est-ce qu'il y a, meuf, tu l'as mauvaise ? Oui, c'est ça, tu l'as mauvaise ! »

Mais je ne l'ai pas fait. Parce que je voulais être sympa et « sport ».

Alors que MacKenzie, elle, est la PLUS GROSSE TRICHEUSE du monde entier !

Je n'arrivais pas à croire qu'elle ait osé voler nos costumes et nous enfermer dans ce box.

Mais son plan diabolique s'est retourné contre elle.

Des clowns qui se font tomber et glissent sur leurs fesses, c'est VRAIMENT marrant.

Mais la même chose avec des costumes de fées ?
Pas trop !

En sortant de scène, j'ai croisé Brandon. Il avait l'air super heureux.

J'ai failli MOURIR quand il m'a tendu un beau bouquet de fleurs.

« Félicitations, Nikki ! »

« Merci, Brandon ! Quelle aventure ! C'était incroyable. »

« J'ai entendu dire qu'il y avait aussi eu un problème
de costumes, c'est ça ? Mais je savais que tout se passerait
bien. Vous avez mis le feu à la patinoire, les filles ! »

« Et ça en valait la peine. Je suis contente que l'Hôtel
des animaux puisse rester ouvert grâce à nous,
et que ta gran... euh... je veux dire Betty, puisse
continuer à s'occuper de ses animaux », j'ai dit, plaquant
un grand sourire un peu exagéré sur mon visage.

Mais, au fond de moi, je m'en voulais et je me serais giflée
pour avoir failli prononcer le mot « grand-mère » en parlant
de Betty...

C'est étrange, mais plus je connais Brandon, plus
je me demande qui il est vraiment. Et la dernière chose
dont il ait besoin en ce moment, c'est que quelqu'un mette
le nez dans ses affaires en répandant des rumeurs
derrière son dos.

Perso, j'ai déjà vécu ça avec Mackenzie la langue de vipère, et ça a été un véritable supplice.

Pour le moment, je sais tout ce que j'ai besoin de savoir – que Brandon est un SUPER-copain qui est toujours là quand j'ai besoin de lui. Et je suis heureuse d'avoir pu lui renvoyer l'ascenseur.

J'ai serré mon bouquet de fleurs contre mon cœur et y ai enfoui mon visage.

J'ai respiré leur fragrance douce et romantique, émerveillée par leur parfum de... roses.

« Merci pour ton aide, Nikki. Tu es... TROP TOP ! » a lancé Brandon.

J'ai rougi violemment.

Puis il m'a serrée fort dans ses bras !

OMG ! J'ai cru que j'allais faire dans ma culotte !

BRANDON M'A SERRÉE DANS SES BRAS. MOI!!

YEEEEEESSSSSS!!

Et maintenant, je suis encore plus bouleversée qu'avant.

Parce que je ne sais pas si c'était... un signe d'amitié,
genre « tu es mon amie »...

ou un signe d'autre chose, genre « tu es plus qu'une amie »!!

... ou encore genre « tu es ma petite amie »!

Je voudrais vraiment lui demander.

Mais je ne peux pas!

Parce que si je le fais, il saura...

... que je veux vraiment le savoir!

Et s'il savait tout ça, je me sentirais super mal à l'aise.

Ça a l'air dingue.

N'est-ce pas?

Désolée, je n'y peux rien.

JE SUIS QU'UNE NOUILLE!

☺ !!

Correction : Claire Debout
Mise en pages : Graphicat

Titre original : *Dork Diaries 4 – Tales from a Not-So Graceful Ice Princess*

Création graphique de couverture : Lisa Verga
Adaptation française : Graphicat
Illustration de couverture : © 2012 by Rachel Renée Russell

Pour l'édition française :
© 2013 éditions Milan, pour la première édition
© 2019 éditions Milan, pour la présente édition
1, rond-point du Général-Eisenhower, 31101 Toulouse Cedex 9, France

Dépôt légal : septembre 2019 - ISBN : 978-2-4080-1426-1
Achevé d'imprimer au 3e trimestre en Italie par Grafica Veneta
www.editionsmilan.com